Heyne
Ex
Libris

Selma Lagerlöf

Die Heilige Nacht

Weihnachtserzählungen

Farbige Bildtafeln von
Giovanni Bellini
Kupferstiche von
Matthaeus Merian

Wilhelm Heyne Verlag
München

5. Auflage
Genehmigte, ungekürzte Taschenbuchausgabe

Umschlaggestaltung: Christian Diener, München
Printed in Germany 198
Gesamtherstellung: Friedrich Pustet, Regensburg

Die Heilige Nacht

Als ich fünf Jahre alt war, hatte ich einen großen Kummer. Ich weiß kaum, ob ich seitdem einen größeren gehabt habe. Das war, als meine Großmutter starb. Bis dahin hatte sie jeden Tag auf dem Ecksofa in ihrer Stube gesessen und Märchen erzählt.

Ich weiß es nicht anders, als daß Großmutter dasaß und erzählte, vom Morgen bis zum Abend, und wir Kinder saßen still neben ihr und hörten zu. Das war ein herrliches Leben. Es gab keine Kinder, denen es so gut ging wie uns. Ich erinnere mich nicht an sehr viel von meiner Großmutter. Ich erinnere mich, daß sie schönes, kreideweißes Haar hatte, und daß sie sehr gebückt ging, und daß sie immer dasaß und an einem Strumpf strickte.

Dann erinnere ich mich auch, daß sie, wenn sie ein Märchen erzählt hatte, ihre Hand auf meinen Kopf zu legen pflegte, und dann sagte sie: »Und das alles ist so wahr, wie daß ich dich sehe und du mich siehst.«

Ich entsinne mich auch, daß sie schöne Lieder singen konnte, aber das tat sie nicht alle Tage. Eines dieser Lieder handelte von einem Ritter und einer Meerjungfrau, und es hatte den Kehrreim: »Es weht so kalt, es weht so kalt, wohl über die weite See.«

Dann entsinne ich mich eines kleinen Gebets, das sie mich lehrte, und eines Psalmverses.

Von allen den Gedichten, die sie mir erzählte, habe ich nur eine schwache, unklare Erinnerung. Nur an eine einzige von ihnen erinnere ich mich so gut, daß ich sie erzählen könnte. Es ist eine kleine Geschichte von Jesu Geburt.

Seht, das ist beinah alles, was ich noch von meiner Großmutter weiß, außer dem, woran ich mich am besten erinnere, nämlich dem großen Schmerz, als sie dahinging. Ich erinnere mich an den Morgen, an dem das Ecksofa leer stand und es unmöglich war, zu begreifen, wie die Stunden des Tages zu Ende gehen sollten. Daran erinnere ich mich. Das vergesse ich nie.

Und ich erinnere mich, daß wir Kinder hingeführt wurden, um die Hand der Toten zu küssen. Und wir hatten Angst, es zu tun, aber da sagte uns jemand, daß wir nun zum letztenmal Großmutter für alle die Freude danken könnten, die sie uns gebracht hatte.

Und ich erinnere mich, wie Märchen und Lieder vom Hause wegfuhren, in einen langen, schwarzen Sarg gepackt, und niemals wiederkamen.

Ich erinnere mich, daß etwas aus dem Leben verschwunden war. Es war, als hätte sich die Tür zu einer ganzen schönen, verzauberten Welt geschlossen, in der wir früher frei aus und ein gehen durften. Und nun gab es niemand mehr, der sich darauf verstand, diese Tür zu öffnen.

Und ich erinnere mich, daß wir Kinder so allmählich lernten, mit Spielzeug und Puppen zu spielen und zu leben wie andere Kinder auch, und da konnte es ja den Anschein haben, als vermißten wir Großmutter nicht mehr, als erinnerten wir uns nicht mehr an sie.

Aber noch heute, nach vierzig Jahren, wie ich dasitze und die Legenden über Christus sammle, die ich drüben im Morgenland gehört habe, wacht die kleine Geschichte von Jesu Geburt, die meine Großmutter zu erzählen pflegte, in mir auf. Und ich bekomme Lust, sie noch einmal zu erzählen und sie auch in meine Sammlung mit aufzunehmen.

Es war an einem Weihnachtstag, alle waren zur Kirche gefahren, außer Großmutter und mir. Ich glaube, wir beide waren im ganzen Hause allein. Wir hatten nicht mitfahren können, weil die eine zu jung und die andere zu alt war. Und alle beide waren wir betrübt, daß wir nicht zum Mettegesang fahren und die Weihnachtslichter sehen konnten. Aber wie wir so in unserer Einsamkeit saßen, fing Großmutter zu erzählen an.

»Es war einmal ein Mann«, sagte sie, »der in die dunkle Nacht hinausging, um sich Feuer zu leihen. Er ging von Haus zu Haus und klopfte an. ›Ihr lieben Leute, helft mir!‹ sagte er. ›Mein Weib hat eben ein Kindlein geboren, und ich muß Feuer anzünden, um sie und den Kleinen zu erwärmen.‹

Aber es war tiefe Nacht, so daß alle Menschen schliefen, und niemand antwortete ihm.

Der Mann ging und ging. Endlich erblickte er in weiter Ferne einen Feuerschein. Da wanderte er dieser Richtung zu und sah, daß das Feuer im Freien brannte. Eine Menge weißer Schafe lagen rings um das Feuer und schliefen, und ein alter Hirt wachte über der Herde. Als der Mann, der Feuer leihen wollte, zu den Schafen kam, sah er, daß drei große Hunde zu Füßen des Hirten ruhten und schliefen. Sie erwachten alle drei bei seinem Kommen und sperrten ihre weiten Rachen auf, als ob sie bellen wollten, aber man vernahm keinen Laut. Der Mann sah, daß sich die Haare auf ihrem Rücken sträubten, er sah, wie ihre scharfen Zähne funkelnd weiß im Feuerschein leuchteten, und wie sie auf ihn losstürzten. Er fühlte, daß einer von ihnen nach seinen Beinen schnappte und einer nach seiner Hand, und daß einer sich an seine Kehle hängte. Aber die Kinnladen und die Zähne, mit denen die Hunde beißen wollten, gehorchten ihnen nicht, und der Mann litt nicht den kleinsten Schaden.

Nun wollte der Mann weitergehen, um das zu finden, was er brauchte. Aber die Schafe lagen so dicht nebeneinander, Rücken an Rücken, daß er nicht vorwärtskommen konnte. Da stieg der Mann auf die Rükken der Tiere und wanderte über sie hin dem Feuer zu. Und keins von den Tieren wachte auf oder regte sich.«

So weit hatte Großmutter ungestört erzählen können, aber nun konnte ich es nicht lassen, sie zu unterbrechen. »Warum regten sie sich nicht, Großmutter?« fragte ich. »Das wirst du nach einem Weilchen schon erfahren«, sagte Großmutter und fuhr mit ihrer Geschichte fort.

»Als der Mann fast beim Feuer angelangt war, sah der Hirt auf. Es war ein alter, mürrischer Mann, der unwirsch und hart gegen alle Menschen war. Und als er einen Fremden kommen sah, griff er nach seinem langen, spitzigen Stabe, den er in der Hand zu halten pflegte, wenn er seine Herde hütete, und warf ihn nach ihm. Und der Stab fuhr zischend gerade auf den Mann los, aber ehe er ihn traf, wich er zur Seite und sauste, an ihm vorbei, weit über das Feld.«

Als Großmutter so weit gekommen war, unterbrach ich sie abermals. »Großmutter, warum wollte der Stock den Mann nicht schlagen?« Aber Großmutter ließ es sich nicht einfallen, mir zu antworten, sondern fuhr mit ihrer Erzählung fort.

»Nun kam der Mann zu dem Hirten und sagte zu ihm: ›Guter Freund, hilf mir, und leih mir ein wenig Feuer. Mein Weib hat eben ein Kindlein geboren, und ich muß Feuer machen, um sie und den Kleinen zu erwärmen.‹ Der Hirt hätte am liebsten nein gesagt, aber als er daran dachte, daß die Hunde dem Manne nicht hatten schaden können, daß die Schafe nicht vor ihm davongelaufen waren und daß sein Stab ihn nicht fällen wollte, da wurde ihm ein wenig bange, und er wagte es nicht, dem Fremden das abzuschlagen, was er begehrte. ›Nimm, soviel du brauchst‹, sagte er zu dem Manne.

Aber das Feuer war beinahe ausgebrannt. Es waren keine Scheite und Zweige mehr übrig, sondern nur ein großer Gluthaufen, und der Fremde hatte weder Schaufel noch Eimer, worin er die roten Kohlen hätte tragen können.

Als der Hirt dies sah, sagte er abermals: ›Nimm, soviel du brauchst!‹ Und er freute sich, daß der Mann kein Feuer wegtragen konnte. Aber der Mann beugte sich hinunter, holte die Kohlen mit bloßen Händen aus der Asche und legte sie in seinen Mantel. Und weder versengten die Kohlen seine Hände als er sie berührte, noch versengten sie seinen Mantel, sondern der Mann trug sie fort, als wenn es Nüsse oder Äpfel gewesen wären.«

Aber hier wurde die Märchenerzählerin zum drittenmal unterbrochen. »Großmutter, warum wollte die Kohle den Mann nicht brennen?«

»Das wirst du schon hören«, sagte Großmutter, und dann erzählte sie weiter.

»Als dieser Hirt, der ein so böser, mürrischer Mann war, dies alles sah, begann er sich bei sich selbst zu wundern: ›Was kann dies für eine Nacht sein, wo die Hunde die Schafe nicht beißen, die Schafe nicht erschrecken, die Lanze nicht tötet und das Feuer nicht brennt?‹ Er rief den Fremden zurück und sagte zu ihm: ›Was ist dies für eine Nacht? Und woher kommt es, daß alle Dinge dir Barmherzigkeit zeigen?‹

Da sagte der Mann: ›Ich kann es dir nicht sagen, wenn du selber es nicht siehst.‹ Und er wollte seiner Wege gehen, um bald ein Feuer anzündenund Weib und Kind wärmen zu können.

Aber da dachte der Hirt, er wolle den Mann nicht ganz aus dem Gesicht verlieren, bevor er erfahren hätte, was dies alles bedeute. Er stand auf und ging ihm nach, bis er dorthin kam, wo der Fremde daheim war.

Da sah der Hirt, daß der Mann nicht einmal eine Hütte hatte, um darin zu wohnen, sondern er hatte sein Weib und sein Kind in einer Berggrotte liegen, wo es nichts gab als nackte, kalte Steinwände.

Aber der Hirt dachte, daß das arme unschuldige Kindlein vielleicht dort in der Grotte erfrieren würde, und obgleich er ein harter Mann war, wurde er davon doch ergriffen und beschloß, dem Kinde zu helfen. Und er löste sein Ränzel von der Schulter und nahm daraus ein weiches, weißes Schaffell hervor. Das gab er dem fremden Manne und sagte, er möge das Kind darauf betten.

Aber in demselben Augenblick, in dem er zeigte,

daß auch er barmherzig sein konnte, wurden ihm die Augen geöffnet, und er sah, was er vorher nicht hatte sehen, und hörte, was er vorher nicht hatte hören können.

Er sah, daß rund um ihn ein dichter Kreis von kleinen, silberbeflügelten Englein stand. Und jedes von ihnen hielt ein Saitenspiel in der Hand, und alle sangen sie mit lauter Stimme, daß in dieser Nacht der Heiland geboren wäre, der die Welt von ihren Sünden erlösen solle.

Da begriff er, warum in dieser Nacht alle Dinge so froh waren, daß sie niemand etwas zuleide tun wollten. Und nicht nur rings um den Hirten waren Engel, sondern er sah sie überall. Sie saßen in der Grotte, und sie saßen auf dem Berge, und sie flogen unter dem Himmel. Sie kamen in großen Scharen über den Weg gegangen, und wie sie vorbeikamen, blieben sie stehen und warfen einen Blick auf das Kind.

Es herrschte eitel Jubel und Freude und Singen und Spiel, und das alles sah er in der dunklen Nacht, in der er früher nichts zu gewahren vermocht hatte. Und er wurde so froh, daß seine Augen geöffnet waren, daß er auf die Knie fiel und Gott dankte.«

Aber als Großmutter soweit gekommen war, seufzte sie und sagte: »Aber was der Hirte sah, das könnten wir auch sehen, denn die Engel fliegen in jeder Weihnachtsnacht unter dem Himmel, wenn wir sie nur zu gewahren vermögen.«

Und dann legte Großmutter ihre Hand auf meinen Kopf und sagte: »Dies sollst du dir merken, denn es ist so wahr, wie daß ich dich sehe und du mich siehst. Nicht auf Lichter und Lampen kommt es an, und es liegt nicht an Mond und Sonne, sondern was not tut, ist, daß wir Augen haben, die Gottes Herrlichkeit sehen können.«

Das Schweißtuch der heiligen Veronika

I

In einem der letzten Jahre der Regierung des Kaisers Tiberius begab es sich, daß ein armer Winzer und sein Weib sich in einer einsamen Hütte, hoch oben in den Sabiner Bergen, niederließen. Sie waren Fremdlinge und lebten in der größten Einsamkeit, ohne je den Besuch eines Menschen zu empfangen. Aber eines Morgens, als der Arbeiter seine Tür öffnete, fand er zu seinem Staunen, daß eine alte Frau zusammengekauert auf der Schwelle saß. Sie war in einen schlichten, grauen Mantel gehüllt und sah aus, als wäre sie arm. Und dennoch erschien sie ihm, als sie sich erhob und ihm entgegentrat, so ehrfurchtgebietend, daß er daran denken mußte, was die Sagen von Göttinnen erzählen, die in der Gestalt einer alten Frau die Menschen heimsuchen. »Mein Freund«, sagte die Alte zu dem Winzer, »wundere dich nicht darüber, daß ich heute nacht auf deiner Schwelle geschlafen habe. Meine Eltern haben in dieser Hütte gewohnt, und hier wurde ich vor fast neunzig Jahren geboren. Ich hatte erwartet, sie leer und verlassen zu finden. Ich wußte nicht, daß aufs neue Menschen Besitz davon ergriffen hatten.«

»Ich wundere mich nicht, daß du glaubst, daß eine Hütte, die so hoch zwischen diesen einsamen Felsen liegt, leer und verlassen stehen würde«, sagte der Winzer. »Aber ich und mein Weib, wir sind aus einem fernen Lande, und wir armen Fremdlinge haben keine bessere Wohnstätte finden können. Und dir, die nach der langen Wanderung, die du in deinem hohen Alter unternommen hast, müde und hungrig sein muß, dürfte es willkommener sein, daß die Hütte von Menschen bewohnt ist, anstatt von den Wölfen der

Sabiner Berge. Du findest jetzt doch ein Bett drinnen, um darauf zu ruhen, sowie eine Schale Ziegenmilch und einen Laib Brot, wenn du damit vorliebnehmen willst.«

Die Alte lächelte ein wenig, aber dieses Lächeln war so flüchtig, daß es den Audruck schweren Kummers nicht zu zerstreuen vermochte, der auf ihrem Gesicht ruhte. »Ich habe meine ganze Jugend hier oben in den Bergen verlebt«, sagte sie. »Ich habe die Kunst noch nicht verlernt, einen Wolf aus seiner Höhle zu vertreiben.«

Und sie sah wirklich so stark und kräftig aus, daß der Arbeiter nicht daran zweifelte, daß sie trotz ihres hohen Alters noch Stärke genug besäße, um es mit den wilden Tieren des Waldes aufzunehmen.

Er wiederholte jedoch sein Anerbieten, und die Alte trat in die Hütte ein. Sie ließ sich zu der Mahlzeit der armen Leute nieder und nahm ohne Zögern daran teil. Aber obgleich sie sehr zufrieden damit schien, grobes, in Milch aufgeweichtes Brot essen zu dürfen, dachten doch der Mann und die Frau: Woher kann diese alte Wanderin kommen? Sie hat gewiß öfter Fasane von Silberschüsseln gespeist, als Ziegenmilch aus irdenen Schalen getrunken. Zuweilen erhob sie die Augen vom Tische und sah sich um, als wolle sie versuchen, sich wieder in der Hütte zurechtzufinden. Die dürftige Behausung mit den nackten Lehmwänden und dem gestampften Boden war sicherlich nicht sehr verändert. Sie zeigte sogar ihren Wirtsleuten, daß an der Wand noch ein paar Spuren von Hunden und Hirschen sichtbar waren, die ihr Vater dorthin gezeichnet hatte, um seinen kleinen Kindern eine Freude zu machen. Und hoch oben auf einem Bett glaubte sie die Scherben eines Tongefäßes zu sehen, in das sie selbst einst Milch zu melken pflegte.

Aber der Mann und sein Weib dachten bei sich selbst: Es mag freilich wahr sein, daß sie in dieser Hütte geboren ist, aber sie hat doch im Leben so manches andre zu bestellen gehabt, als Ziegen melken und Butter und Käse bereiten.

Sie merkten auch, daß sie oft mit ihren Gedanken weit weg war und daß sie jedesmal, wenn sie wieder zu sich selbst zurückkam, schwer und kummervoll seufzte.

Endlich erhob sie sich von der Mahlzeit. Sie dankte freundlich für die Gastfreundschaft, die sie genossen hatte, und ging auf die Tür zu.

Aber da deuchte sie den Winzer so beklagenswert einsam und arm, daß er ausrief: »Wenn ich mich nicht irre, war es keineswegs deine Absicht, als du gestern nacht heraufstiegst, diese Hütte so bald zu verlassen. Wenn du wirklich arm bist, wie es den Anschein hat, dann wird es wohl deine Meinung gewesen sein, alle die Jahre, die du noch zu leben hast, hierzubleiben. Aber jetzt willst du gehen, weil wir, mein Weib und ich, schon von der Hütte Besitz genommen haben.«

Die Alte leugnete nicht, daß er richtig geraten hatte. »Aber diese Hütte, die so viele Jahre verlassen gestanden hat, gehört dir ebensogut wie mir«, sagte sie. »Ich habe kein Recht, dich von hier zu vertreiben.«

»Es ist aber doch deiner Eltern Hütte«, sagte der Winzer, »und du hast sicherlich mehr Anspruch darauf als ich. Wir sind überdies jung, und du bist alt. Darum sollst du bleiben, und wir werden gehen.«

Als die Alte diese Worte hörte, war sie ganz erstaunt. Sie wendete sich auf der Schwelle um und starrte den Mann an, als wenn sie nicht verstünde, was er mit seinen Worten meinte.

Aber nun mischte sich das junge Weib ins Gespräch.

»Wenn ich mitzureden hätte«, sagte sie zu dem Manne, »würde ich dich bitten, diese alte Frau zu fragen, ob sie uns nicht als ihre Kinder ansehen und uns erlauben will, bei ihr zu bleiben und sie zu pflegen. Welchen Nutzen hätte sie davon, wenn wir ihr diese elende Hütte schenkten und sie dann allein ließen? Es wäre furchtbar für sie, einsam in der Wildnis zu hausen. Und wovon sollte sie leben? Es wäre dasselbe, als wollten wir sie dem Hungertode preisgeben.«

Aber die Alte trat auf den Mann und die Frau zu und betrachtete sie prüfend. »Warum sprecht ihr so?« fragte sie. »Warum beweist ihr mir Barmherzigkeit? Ihr seid doch Fremde.«

Da antwortete ihr die junge Frau: »Darum, weil uns selbst einmal die große Barmherzigkeit begegnet ist.«

2

So kam es, daß die alte Frau in der Hütte des Winzers wohnte, und sie faßte große Freundschaft für die jungen Menschen. Aber dennoch sagte sie ihnen niemals, woher sie kam oder wer sie war, und sie begriffen, daß sie es nicht gut aufgenommen hätte, wenn sie sie danach gefragt hätten. Aber eines Abends, als die Arbeit getan war und sie alle drei auf der großen, flachen Felsplatte saßen, die vor dem Eingang lag, und ihr Abendbrot verzehrten, erblickten sie einen alten Mann, der den Pfad heranstieg.

Es war ein hoher, kräftig gebauter Mann mit so breiten Schultern wie ein Ringer. Sein Gesicht trug einen düstern, herben Ausdruck. Die Stirne ragte über den tiefliegenden Augen vor, und die Linien des Mundes drückten Bitterkeit und Verachtung aus. Er ging in gerader Haltung und mit raschen Bewegungen.

Der Mann trug ein schlichtes Gewand, und der Winzer dachte, sobald er ihn erblickte hatte: Das ist ein alter Legionär, einer, der seinen Abschied aus dem Dienste bekommen hat und nun auf der Wanderung nach seiner Heimat begriffen ist.

Als der Fremde an die Essenden herangekommen war, blieb er wie unschlüssig stehen.

Der Arbeiter, der wußte, daß der Weg ein kleines Stück oberhalb der Hütte ein Ende hatte, legte den

Löffel nieder und rief ihm zu: »Hast du dich verirrt? Niemand pflegt sich die Mühe zu machen, hier heraufzukommen, es sei denn, er hätte eine Botschaft an einen von uns, die wir hier wohnen.«

Während er so fragte, trat der Fremdling näher. »Ja, es ist so, wie du sagst«, antwortete er, »ich habe den Weg verloren, und jetzt weiß ich nicht, wohin ich meine Schritte lenken soll. Wenn du mich hier ein Weilchen ruhen läßt und mir dann sagst, welchen Weg ich gehen muß, um zu meinem Landgut zu kommen, will ich dir dankbar sein.«

Mit diesen Worten ließ er sich auf einem der Steine nieder, die vor der Hütte lagen. Die junge Frau fragte ihn, ob er nicht an ihrer Mahlzeit teilnehmen wolle, doch dies lehnte er mit einem Lächeln ab. Hingegen zeigte es sich, daß er sehr geneigt war, mit ihnen zu plaudern, indes sie aßen. Er fragte die jungen Menschen nach ihrer Lebensweise und ihrer Arbeit, und sie antworteten ihm fröhlich und rückhaltlos.

Aber auf einmal wendete sich der Arbeiter an den Fremden und begann ihn auszufragen: »Du siehst, wie abgeschieden und einsam wir leben«, sagte er. »Es ist wohl schon ein Jahr her, seit ich mit andern als Hirten und Winzern gesprochen habe. Kannst du, der ja wohl aus irgendeinem Feldlager kommt, uns nicht ein wenig von Rom und vom Kaiser erzählen?«

Kaum hatte der Mann dies gesagt, als die junge Frau merkte, wie die Alte ihm einen warnenden Blick zuwarf und mit der Hand das Zeichen machte, das bedeutet, man möge wohl auf der Hut sein mit dem, was man sage.

Der Fremdling antwortete dann aber ganz freundlich: »Ich sehe, daß du mich für einen Legionär hältst, und du hast wirklich nicht so ganz unrecht, obgleich ich schon vor langer Zeit den Dienst verlassen habe. Unter der Regierung des Tiberius hat es nicht viel Arbeit für uns Kriegsleute gegeben. Und er war doch einmal ein großer Feldherr. Das war die Zeit seines

Glücks. Jetzt hat er nichts andres im Sinn, als sich vor Verschwörungen zu hüten. In Rom sprechen alle Menschen davon, daß er vorige Woche, nur auf den allerleisesten Verdacht hin, den Senator Titus greifen und hinrichten ließ.«

»Der arme Kaiser, er weiß nicht mehr, was er tut«, rief die junge Frau. Sie rang die Hände und schüttelte bedauernd und staunend das Haupt.

»Du hast wirklich recht«, sagte der Fremdling, während ein Zug tiefster Düsterkeit über sein Gesicht ging. »Tiberius weiß, daß alle Menschen ihn hassen, und dies treibt ihn noch zum Wahnsinn.«

»Was sagst du da?« rief die Frau. »Warum sollten wir ihn hassen? Wir beklagen ja nur, daß er nicht mehr ein so großer Kaiser ist wie am Anfang seiner Regierung.«

»Du irrst dich«, sagte der Fremde. »Alle Menschen verachten und hassen Tiberius. Warum sollten sie es nicht? Er ist ja nur ein grausamer, schonungsloser Tyrann. Und in Rom glaubt man, daß er in Zukunft noch unverbesserlicher sein wird als bisher.«

»Hat sich denn etwas ereignet, was ihn zu einem noch ärgeren Ungeheuer machen könnte, als er schon ist?« fragte der Mann.

Als er dies sagte, merkte die Frau, daß die Alte ihm abermals ein warnendes Zeichen machte, aber so verstohlen, daß er es nicht sehen konnte.

Der Fremdling antwortete freundlich, aber gleichzeitig huschte ein eigentümliches Lächeln um seine Lippen.

»Du hast vielleicht gehört, daß Tiberius bis jetzt in seiner Umgebung einen Freund gehabt hatte, dem er vertrauen konnte und der ihm immer die Wahrheit sagte. Alle andern, die an seinem Hofe leben, sind Glücksjäger und Heuchler, die seine bösen und hinterlistigen Handlungen ebenso preisen wie seine guten und vortrefflichen. Es hat aber doch, wie gesagt, ein Wesen gegeben, das niemals fürchtete, ihn wissen zu

Madonna mit Kind (Madonna »greca«, 1460–64)
Mailand, Brera

Ankündigung der Geburt Christi (Luk. 1, 26–38)

lassen, was seine Handlungen wert waren. Dieser Mensch, der mutiger war als Senatoren und Feldherrn, war des Kaisers alte Amme, Faustina.«

»Jawohl, ich habe von ihr reden hören«, sagte der Arbeiter. »Man sagte mir, daß der Kaiser ihr immer große Freundschaft bewiesen habe.«

»Ja, Tiberius wußte ihre Ergebenheit und Treue zu schätzen. Er hat diese arme Bäuerin, die einst aus einer elenden Hütte in den Sabiner Bergen kam, wie seine zweite Mutter behandelt. Solange er selbst in Rom weilte, ließ er sie in seinem Hause auf dem Palatin wohnen, um sie immer in seiner Nähe zu haben. Keiner von Roms vornehmen Matronen ist es besser ergangen als ihr. Sie wurde in einer Sänfte über die Straßen getragen, und ihre Kleidung war die einer Kaiserin. Als der Kaiser nach Capreae übersiedelte, mußte sie ihn begleiten, und er ließ ihr dort ein Landhaus voll Sklaven und kostbaren Hausrat kaufen.«

»Sie hat es wahrlich gut gehabt«, sagte der Mann.

Er war es nun, der das Gespräch mit dem Fremden allein weiterführte. Die Frau saß stumm und beobachtete staunend die Veränderung, die mit der Alten vorgegangen war. Seit dem Kommen des Fremden hatte sie kein Wort gesprochen. Sie hatte ihr sanftes und freundliches Aussehen ganz verloren. Die Schüssel hatte sie von sich geschoben und saß jetzt starr und aufrecht, an den Türpfosten gelehnt und blickte mit strengem, versteinertem Gesicht gerade vor sich hin.

»Es ist des Kaisers Wille gewesen, daß sie ein glückliches Leben genieße«, sagte der Fremdling. »Aber trotz aller seiner Wohltaten hat nun auch sie ihn verlassen.«

Die alte Frau zuckte bei diesen Worten zusammen, doch die Junge legte beschwichtigend die Hand auf ihren Arm. Dann begann sie mit ihrer warmen, milden Stimme zu sprechen. »Ich kann doch nicht glauben, daß die alte Faustina am Hofe so glücklich gewesen ist, wie du sagst«, sagte sie, indessen sie sich an den

Fremdling wendete. »Ich bin gewiß, daß sie Tiberius so geliebt hat, als wenn er ihr eigener Sohn wäre. Ich kann mir denken, wie stolz sie auf seine edle Jugend gewesen ist, und ich kann auch begreifen, welch ein Kummer es für sie war, daß er sich in seinem Alter dem Mißtrauen und der Grausamkeit überließ. Sie hat ihn sicherlich jeden Tag ermahnt und gewarnt. Es ist furchtbar für sie gewesen, immer vergeblich zu bitten. Schließlich hat sie es nicht mehr ertragen können, ihn immer tiefer und tiefer sinken zu sehen.«

Der Fremdling beugte sich überrascht ein wenig vor, als er diese Worte vernahm. Aber das junge Weib sah nicht zu ihm auf. Sie hielt die Augen niedergeschlagen und sprach sehr leise und demütig.

»Du hast vielleicht recht mit dem, was du von der alten Frau sagst«, antwortete er. »Faustina ist am Hofe wirklich nicht glücklich gewesen. Aber es scheint doch seltsam, daß sie den Kaiser in seinem hohen Alter verließ, nachdem sie ein ganzes Menschenleben bei ihm ausgeharrt hatte.«

»Was sagst du da?« rief der Mann. »Hat die alte Faustina den Kaiser verlassen?«

»Sie hat sich, ohne daß jemand darum wußte, von Capreae weggeschlichen«, sagte der Fremde. »Sie ist ebenso arm gegangen, wie sie gekommen war. Sie hat nichts von allen ihren Schätzen mitgenommen.«

»Und weiß der Kaiser wirklich nicht, wohin sie gegangen ist?« fragte die junge Frau mit ihrer sanften Stimme.

»Nein, niemand weiß mit Bestimmtheit, welchen Weg die Alte eingeschlagen hat. Man hält es jedoch für wahrscheinlich, daß sie ihre Zuflucht in ihren heimatlichen Bergen gesucht habe.«

»Und der Kaiser weiß auch nicht, warum sie von ihm fortgegangen ist?« fragte die junge Frau.

»Nein, der Kaiser weiß nichts darüber. Er kann doch nicht glauben, daß sie ihn verlassen hat, weil er einmal zu ihr sagte, sie diene ihm, um Lohn und Gaben zu empfangen, sie, wie alle andern. Sie weiß doch, daß er niemals an ihrer Uneigennützigkeit gezweifelt hat. Er hoffte immer noch, daß sie freiwillig zu ihm zurückkehren würde, denn niemand weiß besser als sie, daß er jetzt ganz ohne Freunde ist.«

»Ich kenne sie nicht«, sagte das junge Weib, »aber ich glaube doch, daß ich dir sagen kann, warum sie den Kaiser verlassen hat. Diese alte Frau ist hier in diesen Bergen zu Einfachheit und Frömmigkeit erzogen worden, und sie hat sich immer hierher zurückgesehnt. Sicherlich hätte sie dennoch den Kaiser nie verlassen, wenn er sie nicht beleidigt hätte. Aber ich begreife, daß sie nun hiernach, da ihres Lebens Tage bald zu Ende gehen müssen, das Recht zu haben meinte, an sich selbst zu denken. Wenn ich eine arme Frau aus den Bergen wäre, hätte ich vermutlich ebenso gehandelt wie sie. Ich hätte mir gedacht, daß ich genug getan hätte, wenn ich meinem Herrn ein ganzes Leben lang gedient habe. Ich wäre schließlich von Wohlleben und Kaisergunst fortgegangen, um meine Seele Ehre und Gerechtigkeit kosten zu lassen, ehe sie sich von mir scheidet, um die lange Fahrt anzutreten.«

Der Fremdling blickte die junge Frau trüb und schwermütig an. »Du bedenkst nicht, daß des Kaisers Treiben jetzt schrecklicher werden wird denn je. Jetzt gibt es keinen mehr, der ihn beruhigen könnte, wenn Mißtrauen und Menschenverachtung sich seiner bemächtigen. Denke dir dies«, fuhr er fort und bohrte seine düstern Blicke tief in die des jungen Weibes, »in der ganzen Welt gibt es jetzt keinen, den er nicht haßte, keinen, den er nicht verachtete.« Als er diese Worte mit bitterer Verzweiflung aussprach, machte die Alte eine hastige Bewegung und wendete sich ihm zu, aber die Junge sah ihm fest in die Augen und antwortete: »Tiberius weiß, daß Faustina wieder zu ihm kommt, wann immer er es wünscht. Aber zuerst muß sie wissen, daß ihre alten Augen nicht mehr Laster und Schändlichkeit an seinem Hofe schauen müssen.«

Sie hatten sich bei diesen Worten alle erhoben, aber der Winzer und seine Frau stellten sich vor die Alte, gleichsam, um sie zu schützen.

Der Fremdling sprach keine Silbe mehr, aber er betrachtete die Alte mit fragenden Blicken. Ist das auch àein letztes Wort? schien er sagen zu wollen. Die Lippen der Alten zitterten, und die Worte wollten sich nicht von ihnen lösen. »Wenn der Kaiser seine alte Dienerin geliebt hat, so möge er ihr auch die Ruhe ihrer letzten Tage gönnen«, sagte die junge Frau.

Der Fremde zögerte noch, aber plötzlich erhellte sich sein düsteres Gesicht. »Meine Freunde«, sagte er, »was man auch von Tiberius sagen mag, es gibt doch eines, was er besser gelernt hat als andre, und das ist: verzichten. Ich habe euch nur noch eines zu sagen: Wenn diese alte Frau, von der wir gesprochen haben, diese Hütte aufsuchen sollte, so nehmet sie gut auf! Des Kaisers Gunst ruht über jedem, der ihr beisteht.«

Er hüllte sich in seinen Mantel und entfernte sich auf demselben Wege, den er gekommen war.

3

Nach diesem Vorfall sprachen der Winzer und sein Weib nie mehr mit der alten Frau vom Kaiser. Unterdessen wunderten sie sich darüber, daß sie in ihrem hohen Alter die Kraft gehabt hatte, allem dem Reichtum und der Macht zu entsagen, an die sie gewohnt war. Ob sie nicht doch bald zu Tiberius zurückkehren wird? fragten sie sich. Sie liebt ihn sicherlich noch. In der Hoffnung, daß dies ihn zur Besinnung bringen und ihn bewegen werde, sich von seiner bösen Handlungsweise zu bekehren, hat sie ihn verlassen. »Ein so alter Mann wie der Kaiser wird niemals mehr ein neues Leben beginnen«, sagte der Arbeiter. »Wie willst du seine große Verachtung der Menschen von ihm nehmen? Wer könnte vor ihn hintreten und ihn lehren, sie zu lieben? Ohne dies kann er nicht von seinem Argwohn und seiner Grausamkeit geheilt werden.«

»Du weißt, daß es einen gibt, der dies in Wahrheit vermöchte«, sagte die Frau. »Ich denke oft daran, wie es wäre, wenn diese beiden sich begegneten. Aber Gottes Wege sind nicht unsre Wege.«

Die alte Frau schien ihr früheres Leben gar nicht zu entbehren. Nach einiger Zeit gebar das junge Weib ein Kind, und als die Alte nun dieses zu pflegen hatte, schien sie so zufrieden zu sein, daß man glauben konnte, sie hätte alle ihre Sorgen vergessen.

Jedes halbe Jahr einmal pflegte sie sich in den langen grauen Mantel zu hüllen und nach Rom hinunterzuwandern. Aber dort suchte sie keine Menschenseele auf, sondern ging geradewegs zum Forum. Hier blieb sie vor einem kleinen Tempel stehen, der sich auf der einen Seite des herrlich geschmückten Platzes erhob.

Dieser Tempel bestand eigentlich nur aus einem außergewöhnlich großen Altar, der unter offenem Himmel auf einem marmorgepflasterten Hofe stand. Auf der Höhe des Altars thronte Fortuna, die Göttin des Glücks, und an seinem Fuße sah man eine Bildsäule des Tiberius. Rund um den Hof erhoben sich Gebäude für die Priester, Vorratskammern für Brennholz und Ställe für die Opfertiere. Die Wanderung der alten Faustina erstreckte sich niemals weiter als bis zu diesem Tempel, den die aufzusuchen pflegten, die um Glück für Tiberius beten wollten. Wenn sie einen Blick hineingeworfen und gesehen hatte, daß die Göttin und die Kaiserstatue mit Blumen bekränzt waren, daß das Opferfeuer loderte und Scharen ehrfürchtiger Anbeter vor dem Altare versammelt waren, und wenn sie vernommen hatte, daß die leisen Hymnen der Priester ringsherum erklangen, dann kehrte sie um und begab sich wieder in die Berge. So erfuhr sie, ohne einen Menschen fragen zu müssen, daß Tiberius noch unter den Lebenden weilte und daß es ihm wohl erging.

Als sie diese Wanderung zum drittenmal antrat, harrte ihrer eine Überraschung. Als sie sich dem kleinen Tempel näherte, fand sie ihn verödet und leer. Kein Feuer flammte vor dem Bilde, und kein einziger Anbeter war davor zu sehen. Ein paar trockne Kränze hingen noch an der einen Seite des Altars, aber dies war alles, was von seiner früheren Herrlichkeit zeugte. Die Priester waren verschwunden, und die Kaiserstatue, die ohne Hüter dastand, war beschädigt und mit Schmutz beworfen.

Die alte Frau wandte sich an den ersten besten, der vorüberging. »Was hat dies zu bedeuten?« fragte sie. »Ist Tiberius tot? Haben wir einen andern Kaiser?«

»Nein«, antwortete der Römer. »Tiberius ist noch Kaiser, aber wir haben aufgehört, für ihn zu beten. Unsere Gebete können ihm nicht mehr frommen.«

»Mein Freund«, sagte die Alte, »ich wohne weit von hier in den Bergen, wo man nichts davon erfährt, was sich draußen in der Welt zuträgt. Willst du mir nicht sagen, welches Unglück den Kaiser getroffen hat?«

»Das furchtbarste Unglück«, erwiderte der Mann. »Er ist von einer Krankheit befallen worden, die bisher in Italien unbekannt war, die aber im Morgenlande häufig sein soll. Seit diese Seuche über den Kaiser gekommen ist, hat sich sein Gesicht verwandelt, seine Stimme ist wie die Stimme eines grunzenden Tiers, und seine Zehen und Finger werden zerfressen, und gegen diese Krankheit soll es kein Mittel geben. Man glaubt, daß er in ein paar Wochen tot sein wird, wenn er aber nicht stirbt, so muß man ihn absetzen, denn ein so kranker, elender Mann kann nicht weiter regieren. Du begreifst also, daß sein Schicksal besiegelt ist. Es nützt nichts, die Götter um Glück für ihn anzuflehen. Und es lohnt sich auch nicht«, fügte er mit leisem Lächeln hinzu. »Niemand hat von ihm noch etwas zu fürchten oder zu hoffen. Warum sollten wir uns also um seinetwillen Mühe machen?«

Er grüßte und ging, doch die Alte blieb wie betäubt

stehen. Zum erstenmal in ihrem Leben brach sie zusammen und sah aus wie eine, die das Alter besiegt hat. Sie stand mit gebeugtem Rücken und zitterndem Kopfe da, und mit Händen, die kraftlos in der Luft tasteten.

Sie sehnte sich, von dieser Stelle fortzukommen, aber sie hob die Füße nur langsam und bewegte sich strauchelnd vorwärts. Sie sah sich um, um etwas zu finden, was sie als Stab gebrauchen könnte.

Nach einigen Augenblicken gelang es ihr doch, mit ungeheurer Willensanstrengung die Mattigkeit zurückzudrängen. Sie richtete sich wieder empor und zwang sich, mit festen Schritten durch die menschenerfüllten Gassen zu gehen.

4

Eine Woche später wanderte die alte Faustina die steilen Abhänge der Insel Capreae hinan. Es war ein heißer Tag, und das furchtbare Gefühl des Alters und der Mattigkeit überkam sie wieder, während sie die geschlängelten Pfade und die in die Felsen gehauenen Stufen erklomm, die zu der Villa des Tiberius führten.

Dieses Gefühl steigerte sich noch, als sie zu merken anfing, wie sehr sich alles während der Zeit, die sie fern gewesen war, verändert hatte. Früher waren immer große Scharen von Menschen diese Treppen hinauf- und heruntergeeilt. Es hatte hier von Senatoren gewimmelt, die sich von riesigen Libyern tragen ließen; von Sendboten aus den Provinzen, die von langen Sklavenzügen geleitet ankamen; von Stellensuchenden und von vornehmen Männern, die eingeladen waren, an den Festen des Kaisers teilzunehmen.

Aber heute waren diese Treppen und Gänge ganz verödet. Die graugrünen Eidechsen waren die einzigen lebenden Wesen, die die alte Frau auf ihrem Wege bemerkte.

Sie staunte, daß alles bereits zu verfallen schien. Die Krankheit des Kaisers konnte höchstens ein paar Monate gedauert haben, und doch war schon Unkraut in den Spalten zwischen den Marmorfliesen emporgewuchert. Edle Gewächse in schönen Vasen waren schon vertrocknet, und mutwillige Zerstörer, denen niemand Einhalt getan hatte, hatten an ein paar Stellen die Balustrade niedergebrochen. Aber am allerseltsamsten deuchte sie doch die völlige Menschenleere. Wenn es auch Fremdlingen verboten war, sich auf der Insel sehen zu lassen, so mußten sie doch wohl noch da sein, diese unendlichen Scharen von Kriegsknechten und Sklaven, von Tänzerinnen und Musikanten, von Köchen und Tafeldeckern, von Palastwachen und Gartenarbeitern, die zum Haushalt des Kaisers gehörten.

Erst als Faustina die oberste Terrasse erreichte, erblickte sie ein paar alte Sklaven, die auf den Treppenstufen vor der Villa saßen. Als sie sich ihnen näherte, erhoben sie sich und neigten sich vor ihr.

»Sei gegrüßt, Faustina«, sagte der eine. »Ein Gott schickt dich, um unser Unglück zu lindern.«

»Was ist dies, Milo?« fragte Faustina. »Warum ist es hier so öde? Man hat mir doch gesagt, daß Tiberius noch auf Capreae weile?«

»Der Kaiser hat alle seine Sklaven vertrieben, weil er den Verdacht hegt, einer von uns habe ihm vergifteten Wein zu trinken gegeben, und dies habe die Krankheit hervorgerufen. Er hätte auch mich und Tito fortgejagt, wenn wir uns nicht geweigert hätten, ihm zu gehorchen. Und du weißt doch, daß wir unser Leben lang dem Kaiser und seiner Mutter gedient haben.«

»Ich frage nicht nur nach Sklaven«, sagte Faustina. »Wo sind die Senatoren und Feldherren? Wo sind des Kaisers Vertraute und alle schmeichelnden Speichellecker?«

»Tiberius will sich nicht mehr vor Fremden zeigen«, sagte der Sklave. »Der Senator Lucius und Macro, der

Anführer der Leibwache, kommen jeden Tag her und nehmen seine Befehle entgegen. Sonst darf sich ihm niemand nahen.«

Faustina hatte die Treppe erstiegen, um in das Landhaus einzutreten. Der Sklave schritt ihr voran, und im Gehen fragte sie ihn:

»Was sagen die Ärzte über Tiberii Krankheit?«

»Keiner von ihnen versteht diese Krankheit zu behandeln. Sie wissen nicht einmal, ob sie rasch oder langsam tötet. Aber eins kann ich dir sagen, Faustina, daß Tiberius sterben muß, wenn er sich weigert, Nahrung zu sich zu nehmen, aus Furcht, daß sie vergiftet sein könnte. Und ich weiß, daß ein kranker Mann es nicht aushalten kann, Tag und Nacht zu wachen, wie der Kaiser tut, aus Angst, im Schlafe ermordet zu werden. Wenn er dir vertrauen will wie in früheren Tagen, wird es dir vielleicht gelingen, ihn zum Essen und Schlafen zu bewegen. Damit kannst du sein Leben um viele Tage verlängern.«

Der Sklave führte Faustina durch mehrere Gänge und Höfe zu einer Terrasse, auf der Tiberius sich aufzuhalten pflegte, um die Aussicht über die schönen Meeresbuchten und den stolzen Vesuv zu genießen.

Als Faustina die Terrasse betrat, sah sie dort ein grausiges Wesen mit aufgeschwollenem Gesicht und tierischen Zügen. Seine Hände und Füße waren mit weißen Binden umwickelt, aber aus den Binden kamen halb abgefressene Finger und Zehen hervor. Und die Kleider dieses Menschen waren staubig und besudelt. Man sah, daß er nicht imstande war, aufrecht zu gehen, sondern über die Terrasse hatte kriechen müssen. Er lag mit geschlossenen Augen am äußersten Ende der Balustrade und regte sich nicht, als der Sklave und Faustina herankamen. Doch Faustina flüsterte dem Sklaven, der ihr voranschritt, zu: »Aber, Milo, wie kann sich ein solcher Mensch hier auf der Kaiserterrasse aufhalten? Eile dich, ihn von hier fortzuschaffen!«

Aber kaum hatte sie dies gesagt, als sie sah, wie der Sklave sich vor dem liegenden, elenden Menschen tief zur Erde neigte.

»Cäsar Tiberius«, sagte er, »endlich habe ich dir frohe Kunde zu bringen.«

Zugleich wendete sich der Sklave an Faustina, prallte aber betroffen zurück und konnte kein Wort mehr hervorbringen.

Er sah nicht mehr die stolze Matrone, die so stark ausgesehen hatte, daß man erwarten konnte, ihr Alter werde dem einer Sibylle gleichkommen. In diesem Augenblick war sie in kraftloser Greisenhaftigkeit zusammengesunken, und der Sklave sah ein gebeugtes Mütterchen mit trübem Blick und tastenden Händen vor sich.

Denn wohl hatte man Faustina gesagt, daß der Kaiser furchtbar verändert sei, aber sie hatte doch keinen Augenblick aufgehört, sich ihn als den kräftigen Mann zu denken, der er gewesen war, als sie ihn das letzte Mal gesehen hatte. Sie hatte auch jemand sagen hören, daß diese Krankheit langsam wirke, und daß sie Jahre brauche, um einen Menschen zu verwandeln. Aber hier war sie mit solcher Heftigkeit vorgeschritten, daß sie den Kaiser in wenigen Monden schon unkenntlich gemacht hatte.

Sie wankte auf den Kaiser zu. Sie vermochte nicht zu sprechen, sondern stand stumm neben ihm und weinte. »Bist du endlich gekommen, Faustina?« sagte er, ohne die Augen zu öffnen. »Ich lag da und wähnte, du stündest hier und weintest über mich. Ich wage nicht aufzublicken, aus Furcht, daß dies nur ein Trugbild gewesen sein könnte.« Da setzte sich die Alte neben ihn. Sie hob seinen Kopf empor und bettete ihn in ihren Schoß.

Aber Tiberius blieb still liegen, ohne sie anzusehen. Ein Gefühl süßen Friedens erfüllte ihn, und im nächsten Augenblicke versank er in ruhigen Schlummer.

5

Einige Wochen später wanderte einer der Sklaven des Kaisers der einsamen Hütte in den Sabiner Bergen zu. Der Abend brach an, und der Winzer und seine Frau standen in ihrer Türe und sahen die Sonne im fernen Westen sinken. Der Sklave bog vom Wege ab und kam heran und grüßte sie. Dann zog er einen schweren Beutel hervor, der ihm im Gürtel stak und legte ihn dem Manne in die Hand. »Dieses schickt dir Faustina, die alte Frau, der du Barmherzigkeit erwiesen hast«, sagte der Sklave. »Sie läßt dir sagen, du möchtest dir für dieses Geld einen eignen Weinberg kaufen und dir eine Wohnung erbauen, die nicht so hoch oben in den Lüften liegt, wie die Horste der Adler.« »Die alte Faustina lebt also wirklich noch?« sagte der Mann. »Wir haben sie in Klüften und Sümpfen gesucht. Als sie nicht zu uns zurückkehrte, glaubte ich, sie hätte in diesen elenden Bergen den Tod gefunden.«

»Erinnerst du dich nicht«, fiel die Frau ein, »daß ich nicht glauben wollte, daß sie tot sei? Habe ich dir nicht gesagt, sie würde zum Kaiser zurückgekehrt sein?«

»Ja«, gab der Mann zu, »so sagtest du wirklich, und ich freue mich, daß du recht behalten hast, nicht nur, weil Faustina dadurch reich genug geworden ist, um uns aus unsrer Armut zu retten, sondern auch um des armen Kaisers willen.«

Der Sklave wollte nun sogleich Abschied nehmen, um bewohnte Gegenden zu erreichen, bevor die Dunkelheit anbräche, aber dies ließen die beiden Eheleute nicht zu. »Du mußt bis zum Morgen bei uns bleiben«, sagten sie, »wir können dich nicht ziehen lassen, ehe du uns alles erzählt hast, was Faustina widerfahren ist. Warum ist sie zum Kaiser zurückgekehrt? Wie war ihre Begegnung? Sind sie nun glücklich, daß sie wieder vereint sind?«

Der Sklave gab ihren Bitten nach. Er trat mit ihnen

in die Hütte, und beim Abendbrot erzählte er von der Krankheit des Kaisers und Faustinas Rückkehr.

Als der Sklave seine Erzählung beendet hatte, sah er, wie der Mann und die Frau regungslos und staunend sitzen blieben. Ihre Blicke waren zu Boden geschlagen, gleichsam, um die Erregung nicht zu verraten, die sich ihrer bemächtigt hatte.

Endlich sah der Mann auf und sagte zu seinem Weibe: »Glaubst du nicht, daß dies eine Fügung Gottes ist?«

»Ja«, sagte die Frau, »sicherlich hat uns der Herr um dessentwillen über das Meer in diese Hütte gesendet. Gewiß war dies seine Absicht, als er die alte Frau an unsre Türe führte.«

Sowie die Frau diese Worte gesprochen hatte, wendete sich der Winzer wieder an den Sklaven.

»Freund«, sagte er zu ihm, »du sollst Faustina eine Botschaft von mir bringen! Sag ihr dies, Wort für Wort! Solches kündet dir dein Freund, der Winzer aus den Sabiner Bergen. Du hast die junge Frau gesehen, die mein Weib ist. Schien sie dir nicht hold in Schönheit und blühend in Gesundheit? Und doch hat diese junge Frau einmal an derselben Krankheit gelitten, die nun Tiberius befallen hat.« Der Sklave machte eine Bewegung des Staunens, aber der Winzer fuhr mit immer größerem Nachdruck fort.

»Wenn Faustina sich weigert, meinen Worten Glauben zu schenken, so sag ihr, daß meine Frau und ich aus Palästina in Asien stammen, einem Lande, wo diese Krankheit häufig vorkommt. Und dort ist ein Gesetz, daß die Aussätzigen aus Städten und Dörfern vertrieben werden und auf öden Plätzen wohnen und ihre Zuflucht in Gräbern und Felsenhöhlen suchen müssen. Sage Faustina, daß mein Weib von kranken Eltern stammt und in einer Felsenhöhle geboren wurde. Und solange sie noch ein Kind war, war sie gesund, aber als sie zur Jungfrau heranwuchs, wurde sie von der Krankheit befallen.«

Als der Winzer dies gesagt hatte, neigte der Sklave freundlich lächelnd das Haupt und sagte zu ihm: »Wie willst du, daß Faustina dies glaube? Sie hat ja deine Frau in ihrer Gesundheit und Blüte gesehen? Und sie weiß ja, daß es keine Heilmittel gegen diese Krankheit gibt.«

Doch der Mann erwiderte: »Es wäre das beste für sie, wenn sie mir glauben wollte. Aber ich bin auch nicht ohne Zeugen. Sie möge Kundschafter hinüber nach Nazareth in Galiläa senden. Da wird jeder Mensch meine Aussage bestätigen!«

»Ist deine Frau vielleicht durch das Wunderwerk irgendeines Gottes geheilt worden?« fragte der Sklave.

»Ja«, antwortete der Arbeiter, »wie du sagst, so ist es. Eines Tages verbreitete sich ein Gerücht unter den Kranken, die in der Wildnis wohnten: ›Sehet, es ist ein großer Prophet erstanden, in der Stadt Nazareth in Galiläa. Er ist voll der Kraft von Gottes Geist, und er kann eure Krankheit heilen, wenn er nur seine Hand auf eure Stirn legt.‹ Aber die Kranken, die in ihrem Elend lagen, wollten nicht glauben, daß dieses Gerücht Wahrheit ist. ›Uns kann niemand heilen‹, sagten sie. ›Seit den Tagen des großen Propheten hat niemand einen von uns aus seinem Unglück retten können.‹

Aber es war eine unter ihnen, die glaubte, und diese eine war eine Jungfrau. Sie ging von den andern fort, um den Weg in die Stadt Nazareth zu suchen, wo der Prophet weilte. Und eines Tages, als sie über weite Ebenen wanderte, begegnete sie einem Manne, der hochgewachsen war und ein bleiches Gesicht hatte, und dessen Haar in blanken, schwarzen Locken lag. Seine dunklen Augen leuchteten gleich Sternen und zogen sie zu ihm hin. Aber bevor sie sich noch begegneten, rief sie ihm zu: ›Komm mir nicht nahe, denn ich bin eine Unreine, aber sage mir, wo kann ich den Propheten aus Nazareth finden?‹ Aber der Mann fuhr fort, ihr entgegenzugehen, und als er dicht vor ihr stand, sagte er: ›Warum suchest du den Propheten aus Nazareth?‹ – ›Ich suche ihn, auf daß er seine Hand auf meine Stirn lege und mich von meiner Krankheit heile.‹ Da trat der Mann heran und legte seine Hand auf ihre Stirn. – Aber sie sprach zu ihm: ›Was frommt es mir, daß du deine Hand auf meine Stirn legst? Du bist kein Prophet?‹ – Da lächelte er ihr zu und sagte: ›Gehe jetzt zur Stadt, die dort auf dem Bergesabhang liegt, und zeige dich den Priestern.‹

Die Kranke dachte bei sich selbst: Er treibt seinen Spott mit mir, weil ich glaube, daß ich geheilt werden kann. Von ihm kann ich nicht erfahren, was ich wissen will. Und sie ging weiter. Gleich darauf sah sie einen Mann, der zur Jagd auszog, über das weite Feld reiten. Als er ihr so nah gekommen war, daß er sie hören konnte, rief sie ihm zu: ›Komme nicht zu mir her, denn ich bin eine Unreine, aber sage mir, wo ich den Propheten aus Nazareth finden kann?‹ – ›Was willst du von dem Propheten?‹ fragte sie der Mann und ritt langsam auf sie zu. – ›Ich will nur, daß er seine Hand auf meine Stirn lege und mich gesund mache von meiner Krankheit.‹ Aber der Mann ritt noch näher. – ›Von welcher Krankheit willst du geheilt werden?‹ fragte er. ›Du bedarfst doch keines Arztes.‹ – ›Siehst du nicht, daß ich eine Unreine bin?‹ sagte sie. ›Ich stamme von kranken Eltern und bin in einer Felsenhöhle geboren.‹ Aber der Mann ließ sich nicht abhalten, auf sie zuzureiten, denn sie war hold und lieblich, wie eine eben erblühte Blume. ›Du bist die schönste Jungfrau im Lande Juda‹, rief er. – ›Treibe nicht auch du deinen Spott mit mir‹, sagte sie. ›Ich weiß, daß meine Züge zerfressen sind und meine Stimme wie das Heulen eines wilden Tieres klingt.‹ Aber er sah ihr tief in die Augen und sprach zu ihr: ›Deine Stimme ist klingend wie die Stimme des Frühlingsbächleins, wenn es über Kieselsteine rieselt, und dein Gesicht ist glatt wie ein Tuch aus weicher Seide.‹

Zugleich ritt er so nahe an sie heran, daß sie ihr Gesicht in den blanken Beschlägen sehen konnte, die seinen Sattel zierten. ›Du sollst dich hier spiegeln‹, sprach er. Sie tat es, und sie sah ein Gesicht, das zart und weich war, wie ein eben entfalteter Schmetterlingsflügel. – ›Was ist dies, was ich sehe?‹ sagte sie. ›Das ist nicht mein Gesicht.‹ – ›Doch, es ist dein Gesicht‹, sagte der Reiter. – ›Aber meine Stimme, klingt sie nicht röchelnd? Klingt sie nicht, wie wenn Wagen über einen steinigen Weg gezogen werden?‹ – ›Nein, sie klingt wie die süßesten Weisen eines Harfenspielers‹, sagte der Reiter.

Sie wendete sich und wies über den Weg. ›Weißt du, wer der Mann ist, der eben jetzt zwischen den zwei Eichen verschwindet?‹ fragte sie den Reiter. ›Er ist es, nach dem du vorhin fragtest, der Prophet aus Nazareth‹, sagte der Mann. Da schlug sie staunend die Hände zusammen, und ihre Augen füllten sich mit Tränen. ›Oh, du Heiliger! Oh, du Träger von Gottes Macht!‹ rief sie. ›Du hast mich geheilt!‹

Aber der Reiter hob sie in den Sattel und führte sie zu der Stadt auf dem Bergesabhang und ging mit ihr zu den Ältesten und Priestern und berichtete ihnen, wie er sie gefunden hatte. Sie befragten ihn genau nach allem, aber als sie hörten, daß die Jungfrau in der Wildnis von kranken Eltern geboren war, da wollten sie nicht glauben, daß sie geheilt sei. ›Gehe dorthin zurück, von wannen du gekommen bist‹, sagten sie. ›Wenn du krank warst, mußt du es dein ganzes Leben lang bleiben. Du sollst nicht hierher in die Stadt kommen, um uns andre mit deiner Krankheit anzustekken!‹

Sie sagte zu ihnen: ›Ich weiß, daß ich gesund bin, denn der Prophet aus Nazareth hat seine Hand auf meine Stirn gelegt.‹

Als sie dies hörten, riefen sie: ›Wer ist er, daß er die Unreinen rein machen könnte? Alles dies ist ein Blendwerk böser Geister. Kehre zurück zu den Deinen, auf daß du nicht uns alle ins Verderben stürzest!‹

Sie wollten sie nicht für geheilt erklären, und sie verboten ihr, in der Stadt zu verweilen. Sie verordneten, daß jeglicher, der ihr Schutz gewährte, gleichfalls als unrein erklärt werde.

Als die Priester dieses Urteil gefällt hatten, sagte die junge Jungfrau zu dem Manne, der sie draußen auf dem Felde gefunden hatte: ›Wohin soll ich mich wenden? Muß ich zurück in die Wildnis zu den Kranken gehen?‹

Aber der Mann hob sie wieder auf sein Pferd und sprach zu ihr: ›Nein, wahrlich, du sollst nicht zu den Kranken in ihre Felsenhöhlen gehen, sondern wir beide wollen fortziehen, über das Meer in ein andres Land, wo es nicht Gesetze gibt für Reine und Unreine.‹ Und sie – –«

Aber als der Winzer in seiner Erzählung so weit gekommen war, erhob sich der Sklave und fiel ihm in die Rede. »Du brauchst mir nichts mehr zu erzählen«, sagte er. »Stehe lieber auf und führe mich ein Stück Weges, du, der die Berge kennt, damit ich noch in dieser Nacht meine Heimfahrt antreten kann und nicht bis zum Morgen zu warten brauche. Der Kaiser und Faustina können deine Nachrichten nicht einen Augenblick zu früh erfahren.«

Als der Winzer dem Sklaven das Geleit gegeben hatte und wieder in die Hütte heimkam, fand er seine Frau noch wach. »Ich kann nicht schlafen«, sagte sie, »ich denke daran, daß diese beiden sich begegnen werden. Er, der alle Menschen liebt, und er, der sie haßt. Es ist, als müßte diese Begegnung die Welt aus ihrer Bahn schleudern.«

6

Die alte Faustina war in dem fernen Palästina, auf dem Wege nach Jerusalem. Sie hatte nicht gewollt, daß der Auftrag, den Propheten zu suchen und ihn zum Kaiser

Madonna mit Kind (Madonna Frizzoni, 1460–64)
Venedig, Civico Museo Correr

Madonna mit Kind (1460–64)
Bergamo, Accademia Carrara

zu führen, einem andern als ihr anvertraut werde. Sicherlich hatte sie bei sich selber gedacht: Was wir von diesem fremden Manne verlangen, ist etwas, was wir ihm weder durch Gewalt, noch durch Gaben entlokken können. Aber vielleicht gewährt er es uns, wenn jemand ihm zu Füßen fällt und ihm sagt, in welcher Not sich der Kaiser befindet. Und wer kann die rechte Fürbitte für Tiberius tun, wenn nicht die, die unter seinem Unglück ebenso schwer leidet wie er selbst!

Die Hoffnung, Tiberius vielleicht retten zu können, hatte die alte Frau verjüngt. Ohne Schwierigkeit hatte sie die lange Seereise nach Joppe überstanden, und auf der Fahrt nach Jerusalem bediente sie sich nicht eines Tragsessels, sondern sie ritt. Sie schien die beschwerliche Reise ebenso leicht zu ertragen, wie die edlen Römer, die Krieger und die Sklaven, die ihr Gefolge bildeten.

Diese Fahrt von Joppe nach Jerusalem erfüllte das Herz der alten Frau mit Freude und lichter Hoffnung. Es war die Zeit des Frühlings, und die Ebene von Saron, die sie auf der ersten Tagesreise durchschritten hatten, war ein einziger leuchtender Blumenteppich gewesen. Auch auf der Fahrt des zweiten Tages, als sie in die Berge von Judäa eindrangen, verließen die Blumen sie nicht. Alle die vielförmigen Hügel, zwischen denen der Weg sich durchschlängelte, waren mit Obstbäumen bepflanzt, die in reichster Blüte standen. Und wenn die Reisenden es müde wurden, die weißrosigen Blüten der Aprikosen und Pfirsichbäume zu betrachten, konnten sie ihre Augen erquicken, indem sie sie auf dem jungen Weinlaub ruhen ließen, das aus den schwarzbraunen Reben hervorquoll und dessen Wachstum so rasch war, daß man es mit den Augen verfolgen zu können meinte.

Aber nicht nur Blumen und Frühlingsgrün machten die Wanderung lieblich. Der größte Reiz wurde ihr von allen den Menschenscharen verliehen, die an diesem Morgen auf dem Wege nach Jerusalem waren.

Von allen Wegen und Stegen, von einsamen Höhen und aus den fernsten Winkeln der Ebene kamen Wanderer. Wenn sie die Straße nach Jerusalem erreicht hatten, schlossen sich die einzelnen Reisenden zu großen Scharen zusammen und zogen unter frohem Jubel dahin. Rings um einen alten Mann, der auf einem schaukelnden Kamele ritt, gingen seine Söhne und Tochter, seine Eidame und Schwiegertöchter, und alle seine Enkelkinder. Es war ein so großes Geschlecht, daß es ein ganzes kleines Heer bildete. Eine alte Mutter, die zu schwach war, um zu gehen, hatten die Söhne auf ihre Arme gehoben, und sie ließ sich stolz durch die ehrfürchtig zur Seite weichenden Scharen tragen.

Das war in Wahrheit ein Morgen, der selbst den Betrübtesten mit Freude erfüllen konnte. Der Himmel war freilich nicht klar, sondern mit einer dünnen weißgrauen Wolkenschicht überzogen, aber keinem der Wanderer kam es in den Sinn, sich zu beklagen, daß der harte Glanz der Sonne gedämpft war. Unter diesem verschleierten Himmel strömten die Wohlgerüche der blühenden Bäume und des jungen Laubes nicht so rasch wie sonst in den weiten Raum, sondern sie verweilten über Wegen und Fluren. Und dieser schöne Tag, der mit seinem schwachen Licht und seinen reglosen Winden an die Ruhe und den Frieden der Nacht gemahnte, schien allen den vorwärtseilenden Menschenscharen etwas von seinem Wesen mitzuteilen, so daß sie fröhlich, aber doch weihevoll weiterzogen, mit gedämpfter Stimme uralte Hymnen singend, oder auf seltsamen, altertümlichen Instrumenten spielend, aus denen Töne kamen, die gleich dem Summen der Mücken oder dem Zirpen der Heimchen waren.

Wie die alte Faustina zwischen allen diesen Menschen dahinritt, wurde auch sie von ihrem Eifer und ihrer Freude mitgerissen. Sie trieb ihren Zelter zu größerer Eile, während sie zu einem jungen Römer, der sich an ihrer Seite hielt, sagte: »Mir träumte heute nacht, daß ich Tiberius sähe und er mich bäte, die Reise ja nicht aufzuschieben, sondern gerade heute nach Jerusalem zu ziehen. Mich dünkt, die Götter wollten mir eine Mahnung schicken, es nicht zu verabsäumen, an diesem schönen Morgen hinzuwandern.«

Als sie diese Worte sprach, hatten sie gerade die höchste Höhe eines langgestreckten Bergrückens erreicht, und dort hielt sie unwillkürlich an. Vor ihr lag ein großer, tiefer Talkessel, von schönen Anhöhen umkränzt, und aus der dunkeln, schattigen Tiefe dieses Tales hob sich der gewaltige Fels, der auf seinem Gipfel die Stadt Jerusalem trug. Aber das enge Bergstädtchen, das mit seinen Mauern und Türmen einem krönenden Geschmeide gleich auf der flachen Höhe des Felsens lag, war an diesem Tage tausendfältig vergrößert. Alle die rings um das Tal ansteigenden Höhen waren von bunten Zelten und einem Gewühl von Menschen bedeckt.

Es wurde Faustina klar, daß die ganze Bevölkerung des Landes sich in Jerusalem sammelte, um irgendein großes Fest zu feiern. Die entfernter Wohnenden waren schon angelangt und hatten ihre Zelte aufgeschlagen. Die hingegen in der Nachbarschaft der Stadt wohnten, waren noch im Anzuge. Alle die lichten Bergeshöhen hinunter sah man sie kommen, gleich einem ununterbrochenen Strome von weißen Gewändern, Gesängen und Festesfreude.

Lange überschaute die alte Frau diese heranströmenden Menschenmassen und die langen Zeltreihen.

Faustina besann sich einen Augenblick. »Ich freue mich, daß wir an dem Tage in die Stadt gekommen sind, wo das Volk seinen Feiertag begeht«, sagte sie. »Dies kann nichts andres bedeuten, als daß die Götter unsere Fahrt beschützen. Hältst du es nicht für wahrscheinlich, daß er, den wir suchen, der Prophet aus Nazareth, auch nach Jerusalem gekommen ist, um an dem Feste teilzunehmen?«

»Du hast wirklich recht, Faustina«, sagte der Römer. »Er ist vermutlich hier in Jerusalem. Dies ist in Wahrheit eine Fügung der Götter. So stark und kräftig du auch bist, du kannst dich doch glücklich preisen, wenn du nicht die lange, beschwerliche Reise nach Galiläa hinauf machen mußt.«

Er ritt sogleich auf ein paar Wandrer zu, die eben vorbeizogen und fragte sie, ob sie glaubten, daß der Prophet aus Nazareth sich in Jerusalem befinde.

»Wir haben ihn jedes Jahr um diese Zeit dort gesehen«, antwortete einer der Wandersleute. »Sicherlich ist er auch dieses Jahr gekommen, denn er ist ein frommer und gerechter Mann.«

Eine Frau streckte die Hand aus und wies auf eine Höhe, die östlich von der Straße lag. »Siehst du diesen Bergabhang, der mit Olivenbäumchen bewachsen ist?« sagte sie. »Dort pflegen die Galiläer ihre Zelte aufzuschlagen, und da erhältst du die sichersten Nachrichten über den, den du suchst.«

Sie zogen weiter, einen geschlängelten Pfad bis in die Tiefe des Tales hinunter und begannen dann, den Berg Zion emporzureiten, um die Stadt auf seinem Gipfel zu erreichen. Der steil ansteigende Weg war hier von niedrigen Mauern umsäumt, und auf ihnen saßen und lagen eine unzählige Menge Bettler und Krüppel, die die Barmherzigkeit der Reisenden anriefen.

Während der langsamen Fahrt kam eine der jüdischen Frauen auf Faustina zu. »Sieh dort«, sagte sie und wies auf einen Bettler, der auf der Mauer saß,

»dies ist ein galiläischer Mann. Ich erinnere mich, ihn unter den Jüngern des Propheten gesehen zu haben. Er kann dir sagen, wo der zu finden ist, den du suchst.«

Faustina ritt mit Sulpicius auf den Mann zu, den man ihr gezeigt hatte. Es war ein armer alter Mann mit großem, graugesprenkeltem Barte. Sein Gesicht war von Hitze und Sonnenschein gebräunt, und seine Hände waren schwielig von der Arbeit. Er begehrte keine Almosen, sondern schien im Gegenteil so tief in kummervolle Gedanken versunken zu sein, daß er nicht einmal zu den Vorübergehenden aufsah.

Er hörte auch nicht, daß Sulpicius ihn ansprach, sondern dieser mußte seine Frage ein paarmal wiederholen.

»Mein Freund, man hat mir gesagt, daß du ein Galiläer seist. Ich bitte dich, sage mir, wo kann ich den Propheten aus Nazareth finden?«

Der Galiläer fuhr heftig zusammen und sah sich verwirrt um. Aber als er endlich begriff, was man von ihm verlangte, geriet er in einen Zorn, in den sich Entsetzen mischte. »Was sagst du da?« brach er los. »Warum fragst du mich nach dem Manne? Ich weiß nichts von ihm. Ich bin kein Galiläer.«

Die jüdische Frau mischte sich jetzt ins Gespräch. »Ich habe dich doch mit ihm gesehen«, fiel sie ein. »Hege keine Furcht, sondern sage dieser vornehmen Römerin, die die Freundin des Kaisers ist, wo sie ihn schnell finden kann.«

Aber der erschrockene Jünger wurde immer erbitterter.

»Sind heute alle Menschen wahnsinnig geworden?« rief er. »Sind sie von einem bösen Geiste besessen, da sie einer um den andern kommen und mich nach diesem Manne fragen? Warum will mir niemand glauben, wenn ich sage, Daß ich den Propheten nicht kenne? Ich bin nicht aus seinem Lande gekommen. Ich habe ihn niemals gesehen.«

Seine Heftigkeit zog die Aufmerksamkeit auf ihn,

und ein paar Bettler, die neben ihm auf der Mauer saßen, begannen gleichfalls, seine Worte zu bestreiten.

»Freilich hast du zu seinen Jüngern gehört«, sagten sie. »Wir wissen alle, daß du mit ihm aus Galiläa gekommen bist.«

Aber der Mann streckte beide Arme zum Himmel empor und rief: »Ich habe es heute in Jerusalem nicht aushalten können um dieses Mannes willen, und jetzt lassen sie mich nicht einmal hier draußen unter den Bettlern in Frieden. Warum wollt ihr mir nicht glauben, wenn ich euch sage, daß ich ihn nie gesehen habe?«

Faustina wendete sich mit einem Achselzucken ab. »Laß uns weiterziehen«, sagte sie. »Dieser Mann ist ja wahnsinnig. Von ihm können wir nichts erfahren.«

Sie zogen weiter, den Bergeshang hinauf. Faustina war nicht mehr als zwei Schritte vom Stadttor entfernt, als die israelitische Frau, die ihr hatte helfen wollen, den Propheten zu finden, ihr zurief, sie solle sich in acht nehmen. Sie zog die Zügel an und sah, daß dicht vor den Füßen der Pferde ein Mann auf dem Wege lag. Wie er da im Staube ausgestreckt lag, gerade da, wo das Gedränge am lebhaftesten wogte, mußte man es ein Wunder nennen, daß er nicht schon von Tieren oder Menschen niedergetreten war. Der Mann lag auf dem Rücken und starrte mit erloschenen, glanzlosen Blicken empor. Er regte sich nicht, obgleich die Kamele ihre schweren Füße dicht neben ihm niedersetzten. Er war ärmlich gekleidet und überdies mit Staub und Erde besudelt. Ja, er hatte so viel Staub über sich geschüttet, daß es aussah, als suche er sich zu verbergen, um leichter überritten oder niedergetreten zu werden.

»Was ist dies? Warum liegt dieser Mann hier auf dem Wege?« fragte Faustina.

In demselben Augenblicke begann der Liegende die Vorübergehenden anzurufen. »Bei eurer Barmherzigkeit, Brüder und Schwestern, führt eure Pferde und Lasttiere über mich hin! Weichet mir nicht aus! Zertretet mich zu Staub! Ich habe unschuldig Blut verraten. Zertretet mich zu Staub!« Sulpicius faßte Faustinas Pferd am Zügel und führte es zur Seite. »Dies ist ein Sünder, der Buße tun will«, sagte er. »Lasse dich dadurch nicht aufhalten. Diese Leute sind wunderlich, und man muß sie ihre eignen Wege gehen lassen.«

Der Mann auf dem Wege fuhr fort zu rufen: »Setzet eure Fersen auf mein Herz! Lasset die Kamele meine Brust zertreten und den Esel seine Hufe in meine Augen versenken!« Aber Faustina brachte es nicht über sich, an diesem Elenden vorbeizureiten, ohne zu versuchen, ob sie ihn nicht bewegen könnte, aufzustehen. Sie hielt noch immer neben ihm. Die israelitische Frau, die ihr schon einmal hatte dienen wollen, drängte sich jetzt wieder an sie heran. »Dieser Mann hat auch zu den Jüngern des Propheten gehört«, sagte sie. »Willst du, daß ich ihn nach seinem Meister frage?«

Faustina nickte, und die Frau beugte sich über den Liegenden.

»Was habt ihr Galiläer an diesem Tage mit eurem Meister gemacht?« fragte sie. »Ich treffe euch zerstreut auf Wegen und Stegen, aber ihn sehe ich nirgends.«

Aber als sie so fragte, richtete sich der Mann, der im Straßenstaub lag, auf seine Knie empor. »Was für ein böser Geist hat dir eingegeben, mich nach ihm zu fragen?« sagte er mit einer Stimme, die voll Verzweiflung war. »Du siehst ja, daß ich mich in den Straßenstaub geworfen habe, um zertreten zu werden. Ist dir das nicht genug? Mußt du noch kommen und mich fragen, was ich mit ihm angefangen habe?«

»Ich verstehe nicht, was du mir vorwirfst«, sagte die Frau. »Ich wollte ja nur wissen, wo dein Meister ist.«

Als sie die Frage wiederholte, sprang der Mann auf und steckte beide Zeigefinger in die Ohren.

»Wehe dir, daß du mich nicht in Frieden sterben

lassen kannst«, rief er. Er bahnte sich einen Weg durch das Volk, das sich vor dem Tore drängte, und stürzte, vor Entsetzen brüllend, von dannen, während seine zerfetzten Kleider ihn gleich dunkeln Flügeln umflatterten.

»Es will mich bedünken, daß wir zu einem Volke von Narren gekommen sind«, sagte Faustina, als sie den Mann fliehen sah. Sie war durch den Anblick der Schüler des Propheten ganz niedergeschlagen. Konnte ein Mann, der solche Tollhäusler zu seinen Begleitern zählte, imstande sein, etwas für den Kaiser zu tun?

Auch die israelitische Frau schaute betrübt drein, und sie sprach mit großem Ernste zu Faustina: »Herrscherin, zögere nicht, den aufzusuchen, den du finden willst. Ich fürchte, es ist ihm etwas Böses zugestoßen, da seine Jünger so von Sinnen sind und es nicht ertragen, von ihm reden zu hören.«

Faustina und ihr Gefolge ritten endlich durch die Torwölbung und kamen in enge, dunkle Gassen, die von Menschen wimmelten. Es erschien beinahe unmöglich, durch die Stadt zu kommen. Einmal ums andere mußten die Reiter haltmachen. Vergebens suchten Sklaven und Kriegsknechte einen Weg zu bahnen. Die Menschen hörten nicht auf, sich in einem dichten und unaufhaltsamen Strome vorbeizuwälzen.

»Wahrlich«, sagte die alte Frau zu Sulpicius, »Roms Straßen sind stille Lustgärten im Vergleiche zu diesen Gassen.« Sulpicius sah bald, daß fast unüberwindliche Schwierigkeiten ihrer harrten.

»In diesen überfüllten Gassen ist es beinahe leichter zu gehen als zu reiten«, sagte er. »Wenn du nicht allzu müde bist, würde ich dir raten, zu Fuße zum Palaste des Landpflegers zu gehen. Er liegt freilich weit weg, aber wenn wir hinreiten wollen, kommen wir sicherlich nicht vor Mitternacht ans Ziel.«

Faustina ging sogleich auf den Vorschlag ein. Sie stieg vom Pferde und überließ es der Obhut eines Sklaven. Dann begannen die reisenden Römer, die

Stadt zu Fuß zu durchwandern. Dies gelang ihnen weit besser. Sie drangen ziemlich rasch bis zum Herzen der Stadt vor, und Sulpicius zeigte Faustina gerade eine halbwegs breite Straße, die sie bald erreichen mußten.

»Sieh dort, Faustina«, sagte er, »wenn wir erst in dieser Straße sind, sind wir bald am Ziele. Sie führt uns geradeswegs zu unserer Herberge.«

Aber als sie eben in diese Straße einbiegen wollten, begegnete ihnen das größte Hindernis.

Es begab sich, daß in demselben Augenblick, wo Faustina die Straße erreichte, die sich vom Palaste des Landpflegers zur Pforte der Gerechtigkeit und nach Golgatha erstreckte, ein Gefangener vorbeigeführt wurde, der gekreuzigt werden sollte.

Ihm voran eilte eine Schar junger, wilder Menschen, die die Hinrichtung mit ansehen wollten. Sie jagten in ungestümem Laufe durch die Straße, streckten die Arme verzückt in die Höhe und stießen ein unverständliches Geheul aus, in ihrer Freude, etwas zu schauen, was sie nicht alle Tage zu sehen bekamen.

Nach ihnen kamen Scharen von Menschen in schleppenden Gewändern, die zu den Ersten und Vornehmsten der Stadt zu gehören schienen. Hinter denen wanderten Frauen, von denen viele tränenüberströmte Gesichter hatten. Eine Anzahl Arme und Krüppel schritten vorbei und stießen Schreie aus, die in die Ohren gellten.

»O Gott«, riefen sie, »rette ihn! Sende deinen Engel und rette ihn! Schicke einen Helfer in seiner äußersten Not!« Endlich kamen ein paar römische Kriegsknechte auf großen Pferden. Sie wachten darüber, daß niemand aus dem Volke zu dem Gefangenen hinstürze oder ihn zu befreien versuche. Gleich hinter ihnen schritten die Henkersknechte, die den Mann, der gekreuzigt werden sollte, zu führen hatten. Sie hatten ihm ein großes, schwarzes Kreuz aus Holz über die Schulter gelegt, aber er war zu schwach für diese Bürde. Sie drückte ihn, daß sein Körper ganz zu Boden gebeugt wurde. Er hielt den Kopf so tief gesenkt, daß niemand sein Gesicht sehen konnte.

Faustina stand in der Mündung des kleinen Nebengäßchens und sah die schwere Wanderung des Todgeweihten an. Mit Staunen gewahrte sie, daß er einen Purpurmantel trug und daß eine Dornenkrone auf sein Haupt gedrückt war. »Wer ist dieser Mann?« fragte sie.

Einer der Umstehenden erwiderte: »Das ist einer, der sich zum Kaiser machen wollte.«

»Dann muß er den Tod um einer Sache willen leiden, die wenig erstrebenswert ist«, sagte die alte Frau wehmütig.

Der Verurteilte wankte unter dem Kreuze. Immer langsamer schritt er vorwärts. Die Henkersknechte hatten einen Strick um seinen Leib geschlungen, und sie begannen daran zu ziehen, um ihn zu größerer Eile anzutreiben. Aber als sie an dem Stricke zogen, fiel der Mann hin und blieb mit dem Kreuze über sich liegen.

Da entstand ein großer Aufruhr. Die römischen Reiter hatten die größte Mühe, das Volk zurückzuhalten. Sie zückten ihre Schwerter gegen ein paar Frauen, die herbeieilten und den Gefallenen aufzurichten bemüht waren. Die Henkersknechte suchten ihn durch Schläge und Stöße zu zwingen, daß er aufstehe, allein er vermochte es nicht, wegen des Kreuzes. Endlich ergriffen ein paar von ihnen das Kreuz, um es fortzuheben.

Da richtete er das Haupt empor, und die alte Faustina konnte sein Gesicht sehen. Die Wangen trugen Striemen von Schlägen, und von seiner Stirn, die die Dornenkrone verwundet hatte, perlten ein paar Blutstropfen. Das Haar hing in wirren Büscheln, klebrig von Schweiß und Blut. Sein Mund war hart geschlossen, aber seine Lippen zitterten, als kämpften sie, um einen Schrei zurückzudrängen. Die Augen starrten tränenvoll und beinahe erloschen vor Qual und Mattigkeit.

Aber hinter dem Gesichte dieses halbtoten Menschen sah die Alte gleichsam in einer Vision ein schönes und bleiches Gesicht mit herrlichen, majestätischen Augen und milden Zügen, und sie ward plötzlich von Trauer und Rührung über das Unglück und die Erniedrigung dieses fremden Mannes ergriffen.

»O du armer Mensch, was hat man dir getan?« rief sie und trat ihm einen Schritt entgegen, während ihre Augen sich mit Tränen füllten. Sie vergaß ihre eigene Sorge und Unruhe über dieses gequälten Menschen Not. Ihr war, als müßte ihr Herz vor Mitleid zerspringen. Sie wollte gleich den andern Frauen hineilen, um ihn den Schergen zu entreißen.

Der Gefangene sah, wie sie auf ihn zukam, und er kroch näher an sie heran. Es war, als erwarte er bei ihr Schutz gegen alle zu finden, die ihn verfolgten und quälten. Er umfaßte ihre Knie. Er schmiegte sich an sie wie ein Kind, das sich zu seiner Mutter rettet.

Die Alte beugte sich über ihn, und während ihre Tränen strömten, fühlte sie die seligste Freude darüber, daß er gekommen war und bei ihr Schutz gesucht hatte. Sie legte ihren einen Arm um seinen Hals, und so wie eine Mutter zu allererst die Tränen aus den Augen des Kindes trocknet, so legte sie ihr Schweißtuch aus kühlem, feinem Linnen auf sein Gesicht, um die Tränen und das Blut fortzuwischen. Aber in diesem Augenblick waren die Henkersknechte mit dem Heben des Kreuzes fertig. Sie kamen und rissen den Gefangenen mit sich. Ungeduldig wegen des Aufenthalts, schleppten sie ihn in wilder Hast fort. Der Todgeweihte stöhnte auf, als er von der Freistatt fortgeführt wurde, die er gefunden hatte; aber er leistete keinen Widerstand.

Jedoch Faustina umklammerte ihn, um ihn zurückzuhalten, und als ihre schwachen, alten Hände nichts vermochten und sie ihn fortführen sah, war es ihr, als hätte ihr jemand ihr eignes Kind entrissen, und sie rief:

»Nein, nein! Nehmt ihn mir nicht! Er darf nicht sterben! Er darf nicht!«

Sie empfand den furchtbarsten Schmerz und Groll, weil man ihn fortführte. Sie wollte ihm nacheilen. Sie wollte mit den Schergen kämpfen und ihn ihnen entreißen.

Aber bei dem ersten Schritte, den sie machte, wurde sie von Schwindel und Ohnmacht befallen. Sulpicius beeilte sich, seinen Arm um sie zu legen, um sie vor dem Fallen zu bewahren.

Auf der einen Seite der Gasse sah er einen kleinen, dunkeln Laden, und dort hinein trug er sie. Da war weder Stuhl noch Bank, aber der Kaufmann war ein barmherziger Mann. Er schleppte eine Matte herbei und bereitete der Alten ein Lager auf dem Steinboden. Sie war nicht besinnungslos, aber ein so starker Schwindel hatte sie befallen, daß sie sich nicht aufrecht halten konnte, sondern sich niederlegen mußte.

»Sie hat heute eine lange Wanderung hinter sich, und der Lärm und das Gedränge in der Stadt sind ihr zuviel geworden«, sagte Sulpicius zu dem Kaufmann. »Sie ist sehr alt, und keiner ist so stark, daß das Alter ihn nicht schließlich niederwerfen könnte.«

»Dies ist auch für jemand, der nicht alt ist, ein schwerer Tag«, sagte der Kaufmann. »Die Luft ist fast zu drückend beim Atmen. Es sollte mich nicht wundernehmen, wenn wir ein schweres Unwetter bekämen.«

Sulpicius beugte sich über die Alte. Sie war eingeschlummert und schlief, mir ruhigen, regelmäßigen Atemzügen nach der Ermüdung und der Gemütsbewegung.

Er ging und stellte sich in die Ladentür, um die Volksmenge zu beobachten, während er auf ihr Erwachen wartete.

7

Der römische Landpfleger in Jerusalem hatte eine junge Frau, und in der Nacht vor dem Tage, an dem Faustina in die Stadt einzog, lag sie und träumte.

Sie träumte, daß sie auf dem Dache ihres Hauses stünde und auf den großen, schönen Hofplan niedersähe, der nach der Sitte des Morgenlandes mit Marmor ausgelegt und mit edlen Gewächsen bepflanzt war.

Aber auf dem Hofe sah sie alle Kranken und Blinden und Lahmen versammelt, die es auf der Welt gab. Sie sah die Pestkranken vor sich, mit beulengeschwollenen Körpern, die Aussätzigen mit zerfressenen Gesichtern, die Lahmen, die sich nicht zu rühren vermochten, sondern hilflos auf der Erde lagen, und alle Elenden, die sich in Qualen und Schmerzen krümmten.

Und sie drängten sich alle zum Eingange, um in das Haus zu kommen, und einige der vordersten klopften mit harten Schlägen an die Tür des Palastes.

Endlich sah sie, daß ein Sklave die Türe öffnete und auf die Schwelle trat, und sie hörte, wie er fragte, was sie wollten.

Da antworteten sie ihm und sprachen: »Wir suchen den großen Propheten, den Gott auf die Erde gesandt hat. Wo ist der Prophet aus Nazareth, er, der aller Qualen Herr ist? Wo ist er, der uns von allen unsern Leiden erlösen kann?«

Da antwortete der Sklave in stolzem, gleichgültigem Tone, so wie Palastdiener zu tun pflegen, wenn sie arme Fremdlinge abweisen: »Es hilft euch nichts, nach dem großen Propheten zu suchen. Pilatus hat ihn getötet.«

Da erhob sich unter allen den Kranken ein Trauern und Jammern und Zähneknirschen, so daß sie nicht ertragen konnte, es zu hören. Ihr Herz wurde von Mitleid zerrissen, und Tränen strömten aus ihren Augen. Aber wie sie so zu weinen anfing, war sie erwacht.

Wieder war sie eingeschlummert, und wieder träumte sie, daß sie auf dem Dach ihres Hauses stünde und auf den großen Hof hinabsähe, der so weit war wie ein Marktplatz.

Und siehe da, der Hof war voll von allen Menschen, die wahnsinnig und toll waren und von bösen Geistern besessen. Und sie sah solche, die nackt waren und solche, die sich in ihr langes Haar hüllten, und solche, die sich Kronen aus Stroh geflochten hatten und Mäntel aus Gras, und sich für Könige hielten, und solche, die auf dem Boden krochen und Tiere zu sein wähnten, und solche, die beständig über einen Kummer weinten, den sie nicht zu nennen vermochten, und solche, die schwere Steine heranschleppten, die sie für Gold ausgaben, und solche, die glaubten, daß die bösen Dämonen aus ihrem Munde sprächen. Sie sah, wie alle diese Leute sich zum Tore des Palastes drängten; und die zuvorderst standen, klopften und pochten, um Einlaß zu finden.

Endlich tat sich die Tür auf, und ein Sklave trat auf die Schwelle und fragte sie: »Was ist euer Begehr?«

Da begannen sie alle zu rufen und zu sagen: »Wo ist der große Prophet aus Nazareth, er, der von Gott gesandt ist und der uns unsre Seele und unsre Vernunft wiedergeben soll?«

Sie hörte, wie der Sklave ihnen im gleichgültigsten Tone antwortete: »Es führt zu nichts, daß ihr nach dem großen Propheten sucht. Pilatus hat ihn getötet.«

Als dies Wort gesprochen war, stießen alle die Wahnsinnigen einen Schrei aus, der dem Brüllen wilder Tiere gleich war, und in ihrer Verzweiflung begannen sie, sich selbst zu zerfleischen, daß das Blut auf die Steine floß. Und da sie, die träumte, all ihr Elend sah, begann sie die Hände zu ringen und zu jammern. Und ihr eigener Jammer hatte sie aufgeweckt.

Aber wieder war sie eingeschlummert, und wieder befand sie sich im Traume auf dem Dache ihres Hauses. Und rings um sie her saßen ihre Sklavinnen, die ihr auf der Zimbel und der Laute vorspielten, und die Mandelbäume streuten ihre weißen Blütenblätter über sie hin, und die Blüten der Kletterrosen dufteten. Während sie da saß, sprach eine Stimme zu ihr: »Geh zu der Balustrade, die dein Dach umgibt, und sieh hinunter auf deinen Hof.«

Aber im Traume weigerte sie sich und sagte: »Ich will nicht noch mehr von jenen sehen, die sich heute nacht auf meinem Hofe drängen.«

In demselben Augenblick hörte sie von dort ein Rasseln von Ketten und ein Pochen schwerer Hämmer und ein Klopfen von Holz, das gegen Holz schlug. Ihre Sklavinnen hörten zu singen und zu spielen auf und eilten zum Dachgeländer und sahen hinab. Und auch sie konnte nicht still sitzen bleiben, sondern sie ging hin und sah auf den Hof hinunter.

Da sah sie, daß der Hof ihres Hauses von allen armen Gefangenen erfüllt war, die es auf der Welt gab. Sie sah die Leute, die sonst in dunklen Kerkerlöchern mit schweren Eisenketten gefesselt lagen. Sie sah die Leute, die in den dunklen Gruben arbeiteten, ihre Hämmer schleppend, herankommen, und die, die Ruderer auf den Kriegsfahrzeugen waren, kamen mit ihren schweren, eisengeschmiedeten Rudern. Und die, die verurteilt waren, gekreuzigt zu werden, kamen und schleppten ihre Kreuze, und die, die geköpft werden sollten, kamen mit ihren Beilen. Sie sah die, die als Sklaven nach fremden Ländern geführt worden waren und deren Augen vor Heimweh brannten. Sie sah alle elenden Sklaven, die gleich Lasttieren arbeiten mußten und deren Rücken blutig waren von Geißelhieben. Alle diese unglücklichen Menschen riefen wie aus einem einzigen Munde und sprachen: »Öffne, öffne!«

Da trat der Sklave, der den Eingang bewachte, zur Tür hinaus, und er fragte sie: »Was ist euer Begehr?« Und sie antworteten wie die andern: »Wir suchen den großen Propheten aus Nazareth, der auf die Erde gekommen ist, um den Gefangenen ihre Freiheit und den Sklaven ihr Glück wiederzugeben.«

Der Sklave antwortete ihnen in müdem und gleichgültigem Tone: »Ihr könnt ihn hier nicht finden. Pilatus hat ihn getötet.«

Als dies Wort gesprochen war, deuchte es sie, die träumte, daß sich unter allen diesen Unglücklichen ein solcher Ausbruch der Lästerung und des Hohnes erhebe, daß sie vernahm, wie Erde und Himmel erzitterten. Sie selbst war starr vor Schrecken, und ein solches Beben durchfuhr ihren Körper, daß sie erwachte.

Als sie ganz wach war, setzte sie sich im Bette auf und sagte zu sich selbst: Ich will nicht mehr träumen. Jetzt will ich mich die ganze Nacht wach halten, um nichts mehr von diesem Entsetzlichen sehen zu müssen.

Aber beinahe in demselben Augenblick, wo sie dies gedacht hatte, hatte der Schlummer sie aufs neue überwältigt, und sie hatte ihren Kopf auf das Kissen gelegt und war eingeschlummert.

Wieder träumte sie, daß sie auf dem Dache ihres Hauses säße, und ihr kleines Söhnlein liefe dort oben auf und ab und spielte Ball.

Da hörte sie eine Stimme, die zu ihr sprach: »Geh zur Balustrade, die das Dach umgibt, und sieh, wer die sind, die auf dem Hofe stehen und warten.«

Aber sie, die träumte, sagte zu sich selbst: »Ich habe in dieser Nacht genug Elend gesehen. Mehr kann ich nicht ertragen. Ich will bleiben, wo ich bin.«

In demselben Augenblick warf ihr Söhnlein den Ball so, daß er über die Balustrade fiel, und das Kind eilte hin und kletterte auf das Gitterwerk. Da erschrak sie und lief hinzu und erfaßte das Kind.

Aber dabei warf sie einen Blick hinunter, und noch einmal sah sie, daß der Hof voller Menschen war.

Aber dort in dem Hofe waren alle Menschen der Erde, die im Kriege verwundet worden waren. Sie kamen mit verstümmelten Körpern, mit abgehauenen

Madonna mit segnendem Kind (1475–80)
Venedig, Gallerie dell' Accademia

Die Anbetung der Hirten (Luk. 2, 8–20)

Gliedern und großen, offenen Wunden, aus denen das Blut strömte, so daß der ganze Hof davon überschwemmt wurde.

Und neben ihnen drängten sich dort alle Menschen der Erde, die ihre Lieben auf dem Schlachtfelde verloren hatten. Es waren die Vaterlosen, die ihre Verteidiger betrauerten, und die jungen Frauen, die nach ihren Geliebten riefen, und die Alten, die nach ihren Söhnen seufzten.

Die vordersten von ihnen drängten zur Tür, und der Türsteher kam wie früher und öffnete.

Er fragte alle diese Leute, die in Fehden und Kämpfen verwundet worden waren: »Was sucht ihr in diesem Hause?«

Und sie antworteten: »Wir suchen den großen Propheten aus Nazareth, der Krieg und Streit verbieten und Frieden auf Erden bringen wird. Wir suchen ihn, der die Lanzen zu Sensen machen wird und die Schwerter zu Rebenmessern.«

Da antwortete der Sklave ein wenig ungeduldig: »Kommt doch nicht mehr, um mich zu quälen! Ich habe es schon oft genug gesagt. Der große Prophet ist nicht hier. Pilatus hat ihn getötet.«

Damit schloß er das Tor. Aber sie, die träumte, dachte an allen Jammer, der nun ausbrechen mußte. »Ich will ihn nicht hören«, sagte sie und stürzte von der Balustrade fort. In demselben Augenblicke war sie erwacht. Und da hatte sie gesehen, daß sie in ihrer Angst aus dem Bette gesprungen war, hinunter auf den kalten Steinboden.

Wieder hatte sie gedacht, daß sie in dieser Nacht nicht mehr träumen wollte, und wieder hatte der Schlummer sie überwältigt, so daß sie die Augen schloß und zu träumen begann.

Noch einmal saß sie auf dem Dache ihres Hauses, und neben ihr stand ihr Mann. Und sie erzählte ihm von ihren Träumen, und er trieb seinen Spott mit ihr. Da hörte sie wieder eine Stimme, die zu ihr sagte:

»Geh und sieh die Menschen, die auf deinem Hofe warten.« Aber sie dachte: Ich will sie nicht schauen. Ich habe heute nacht genug Unglückliche gesehen.

In demselben Augenblicke hörte sie drei harte Schläge an das Tor, und ihr Mann ging zur Balustrade, um zu sehen, wer es wäre, der Einlaß in sein Haus begehrte. Aber kaum hatte er sich über das Geländer gebeugt, als er auch schon seiner Frau winkte, sie solle zu ihm kommen.

»Kennst du diesen Mann nicht?« sagte er und wies hinunter. Als sie in den Hof hinuntersah, fand sie, daß er von Reitern und Pferden erfüllt war. Sklaven waren damit beschäftigt, Eseln und Kamelen ihre Bürden abzuladen. Es sah aus, als wäre ein vornehmer Reisender angekommen. An der Eingangstür stand der Fremde. Es war ein hochgewachsener alter Mann mit breiten Schultern und trüber, düsterer Miene.

Die Träumerin erkannte den Fremdling sogleich, und sie flüsterte ihrem Manne zu: »Das ist Cäsar Tiberius, der nach Jerusalem gekommen ist. Es kann kein andrer sein.« »Auch ich glaube ihn zu erkennen«, sagte ihr Mann und legte gleichzeitig den Finger an den Mund, zum Zeichen, daß sie stillschweigen und darauf horchen solle, was unten auf dem Hofe gesprochen würde.

Sie sahen, daß der Türhüter herauskam und den Fremden fragte: »Wer ist es, den du suchst?«

Und der Reisende antwortete: »Ich suche den großen Propheten aus Nazareth, der mit Gottes wundertätiger Kraft begabt ist. Kaiser Tiberius ruft ihn, auf daß er ihn von einer entsetzlichen Krankheit befreie, die kein anderer Arzt zu heilen vermag.«

Als er ausgesprochen hatte, neigte sich der Sklave sehr demütig und sagte: »Herr, zürne nicht, aber dein Wunsch kann nicht erfüllt werden.«

Da wendete sich der Kaiser an seine Sklaven, die unten im Hofe warteten, und gab ihnen einen Befehl.

Da eilten die Sklaven herbei, einige hatten die

Hände voll Geschmeide, andre hielten Schalen voll Perlen, wieder andere schleppten Säcke mit Goldmünzen.

Der Kaiser wendete sich an den Sklaven, der die Pforte bewachte und sagte: »Dies alles soll ihm gehören, wenn er Tiberius beisteht. Damit kann er allen Armen der Erde Reichtum schenken.«

Aber der Torhüter neigte sich noch tiefer denn zuvor und sagte: »Herr, zürne deinem Diener nicht, aber dein Verlangen kann nicht erfüllt werden.«

Da winkte der Kaiser noch einmal seinen Sklaven, und ein paar von ihnen eilten mit einem reich bestickten Gewande herbei, auf dem ein Brustschild aus Juwelen erglänzte.

Und der Kaiser sprach zu dem Sklaven: »Sieh hier: was ich ihm biete, ist die Macht über das Judenland. Er soll sein Volk als der höchste Richter lenken. Möge er mir nur zuerst folgen und Tiberius heilen.«

Aber der Sklave neigte sich noch tiefer zur Erde und sagte: »Herr, es steht nicht in meiner Macht, dir zu helfen!«

Da winkte der Kaiser noch einmal, und seine Sklaven eilten mit einem goldenen Stirnreif und einem Purpurmantel herbei.

»Sieh«, sagte er, »dies ist des Kaisers Wille: er gelobt, ihn zu seinem Erben zu ernennen und ihm die Herrschaft über die Welt zu geben. Er soll die Macht haben, die ganze Erde nach dem Willen seines Gottes zu regieren. Möge er zuerst nur seine Hand ausstrekken und Tiberius heilen!« Da warf sich der Sklave vor den Füßen des Kaisers zu Boden und sagte mit wehklagender Stimme: »Herr, es steht nicht in meiner Macht, dir zu gehorchen. Er, den du suchst, ist nicht mehr. Pilatus hat ihn getötet.«

8

Als die junge Frau erwachte, war es schon voller, klarer Tag, und ihre Sklavinnen standen da und warteten, um ihr beim Ankleiden behilflich zu sein.

Sie war sehr schweigsam, während sie sich anziehen ließ, aber endlich fragte sie die Sklavin, die ihr Haar strählte, ob ihr Mann schon aufgestanden sei. Da erfuhr sie, daß er gerufen worden war, um über einen Verbrecher zu Gericht zu sitzen.

»Ich würde gern mit ihm sprechen«, sagte die junge Frau. »Herrin«, sagte die Sklavin, »dies wird sich mitten in der Untersuchung schwer bewerkstelligen lassen. Wir werden dir Nachricht geben, sowie sie beendigt ist.«

Sie saß nun schweigend, bis sie fertig angekleidet war. Dann fragte sie: »Hat jemand von euch von dem Propheten aus Nazareth sprechen hören?«

»Der Prophet aus Nazareth, das ist ein jüdischer Wundertäter«, antwortete eine der Sklavinnen sogleich. »Es ist seltsam, Gebieterin, daß du gerade heute nach ihm fragst«, sagte eine andere der Sklavinnen. »Er ist es eben, den die Juden hierher in den Palast geführt haben, damit der Landpfleger ihn verhöre.«

Sie bat sie, alsogleich zu gehen und sich zu erkundigen, wessen er angeklagt werde, und eine der Sklavinnen entfernte sich. Als sie zurückkehrte, sagte sie: »Sie beschuldigen ihn, daß er sich zum König über dieses Land machen wolle, und sie rufen den Landpfleger an, er möge ihn kreuzigen lassen.«

Aber als des Landpflegers Frau dies hörte, erschrak sie gar sehr und sagte: »Ich muß mit meinem Manne sprechen, sonst geschieht heute hier ein furchtbares Unglück.«

Als die Sklavinnen ihr noch einmal sagten, daß dies unmöglich sei, da begann sie zu zittern und zu weinen. Und eine von ihnen wurde gerührt und sagte: »Wenn du dem Landpfleger eine geschriebene Botschaft senden willst, so will ich versuchen, sie zu überbringen.«

Da nahm sie alsogleich einen Stift und schrieb einige Worte auf ein Wachstäfelchen, und dieses wurde dem Pilatus gegeben.

Aber ihn selber traf sie den ganzen Tag über nicht allein, denn als er die Juden fortgeschickt hatte und sie den Verurteilten zum Richtplatz führten, war die Stunde für die Mahlzeit angebrochen, und zu dieser hatte Pilatus einige von den Römern eingeladen, die sich zu dieser Zeit in Jerusalem aufhielten. Es waren der Anführer der Truppen und ein junger Lehrer der Beredsamkeit und noch einige andere.

Dieses Mahl war nicht sehr fröhlich, denn die Frau des Landpflegers saß die ganze Zeit über stumm und niedergeschlagen, ohne an dem Gespräche teilzunehmen. Als die Tischgäste fragten, ob sie krank oder betrübt sei, erzählte der Landpfleger lachend von der Botschaft, die sie ihm am Morgen gesandt hatte. Und er neckte sie, weil sie geglaubt hatte, ein römischer Landpfleger würde sich in seinen Urteilen von den Träumen eines Weibes lenken lassen.

Sie antwortete still und traurig: »Wahrlich, dies war kein Traum, sondern eine Warnung, die von den Göttern kam. Du hättest den Mann wenigstens diesen einen Tag noch leben lassen sollen.«

Sie sahen, daß sie ernstlich betrübt war. Sie wollte sich nicht trösten lassen, wie sehr sich die Tafelgäste auch bemühten, sie durch ein unterhaltendes Gespräch diese leeren Hirngespinste vergessen zu lassen.

Aber nach einer Weile erhob einer von ihnen den Kopf und sagte: »Was ist dies? Haben wir so lange bei Tisch gesessen, daß der Tag schon zur Neige gegangen ist?«

Alle sahen nun auf, und sie merkten, daß eine schwache Dämmerung sich über die Natur senkte. Es war vor allem seltsam zu sehen, wie das ganze bunte Farbenspiel, das über allen Dingen und Wesen gebreitet liegt, sacht erlosch, so daß alles einfarbig grau erschien.

Gleich allen andern verloren auch ihre eigenen Gesichter die Farbe. »Wir sehen wirklich wie Tote aus«, sagte der junge Schönredner mit einem Schauer. »Unsre Wangen sind ja grau und unsre Lippen schwarz.«

Während diese Dunkelheit immer tiefer wurde, nahm auch das Entsetzen der jungen Frau zu. »Ach, mein Freund« rief sie schließlich, »erkennst du auch jetzt nicht, daß die Unsterblichen dich warnen wollen? Sie zürnen, weil du einen heiligen und unschuldigen Mann zum Tode verurteilt hast. Ich denke mir, wenn er jetzt auch schon ans Kreuz geschlagen sein muß, kann er doch sicherlich noch nicht verblichen sein. Laß ihn vom Kreuze nehmen! Ich will mit meinen eigenen Händen seine Wunden pflegen. Erlaube nur, daß er ins Leben zurückgerufen werde.«

Aber Pilatus antwortete lachend: »Sicherlich hast du recht damit, daß dies ein Zeichen der Götter ist. Aber keineswegs lassen sie die Sonne ihren Schein verlieren, weil ein jüdischer Irrlehrer zum Kreuzestode verurteilt ist. Vielmehr können wir erwarten, daß wichtige Ereignisse eintreten werden, die das ganze Reich betreffen. Wer kann wissen, wie lange der alte Tiberius – – –«

Er vollendete den Satz nicht, denn die Dunkelheit war so tief geworden, daß er nicht einmal den Weinbecher sehen konnte, der vor ihm stand. Er unterbrach sich daher, um den Sklaven zu befehlen, eiligst ein paar Lampen hereinzubringen.

Als es so hell geworden war, daß er die Gesichter seiner Gäste sehen konnte, mußte er die Verstimmung bemerken, die sich ihrer bemächtigt hatte.

»Sieh doch«, sagte er ein wenig unmutig zu seiner Gattin, »nun scheint es dir wirklich gelungen zu sein, die Tafelrunde mit deinen Träumen zu verscheuchen. Aber wenn es schon durchaus so sein muß, daß du heute an nichts andres denken kannst, dann laß uns lieber hören, was du geträumt hast. Erzähl es uns, und wir wollen versuchen, den Sinn zu deuten!«

Dazu war die junge Frau sofort bereit. Und während sie Traumgesicht auf Traumgesicht erzählte, wurden die Gäste immer ernster. Sie hörten auf, ihre Becher zu leeren, und ihre Stirnen zogen sich kraus. Der einzige, der noch immer lachte und alles einen Wahnwitz nannte, war der Landpfleger selbst.

Als die Erzählung zu Ende war, sagte der junge Rhetor: »Wahrlich, dies ist doch mehr als ein Traum, denn ich sah heute zwar nicht den Kaiser, aber seine alte Freundin Faustina in die Stadt einziehen. Es nimmt mich nur wunder, daß sie sich nicht schon im Palaste des Landpflegers gezeigt hat.«

»Es geht ja wirklich das Gerücht, daß der Kaiser von einer entsetzlichen Krankheit befallen sei«, bemerkte der Anführer der Truppen. »Es scheint auch mir möglich, daß der Traum deiner Gattin eine Warnung von den Göttern sein kann.«

»Es liegt nichts Unglaubliches darin, daß Tiberius einen Boten nach dem Propheten ausgesandt hat, um ihn an sein Krankenlager zu rufen«, stimmte der junge Rhetor ein. Der Anführer wendete sich mit tiefem Ernst an Pilatus: »Wenn der Kaiser wirklich den Einfall gehabt hat, diesen Wundertäter zu sich rufen zu lassen, dann wäre es besser für dich und für uns alle, wenn er ihn lebend träfe.«

Pilatus antwortete halb zürnend: »Ist es diese Dunkelheit, die euch zu Kindern gemacht hat? Man könnte glauben, ihr wäret alle in Traumdeuter und Propheten verwandelt.«

Aber der Hauptmann ließ nicht ab, in ihn zu dringen: »Es wäre vielleicht nicht so unmöglich, das Leben des Mannes zu retten, wenn du einen eiligen Boten abschicktest.« – »Ihr wollt mich wohl zum Gespött der Leute machen«, antwortete der Landpfleger. »Sagt selbst, was sollte in diesem Lande aus Recht und Ordnung werden, wenn man erführe, daß der Landpfleger einen Verbrecher begnadigt, weil seine Frau einen bösen Traum geträumt hat?«

»Es ist doch Wahrheit und kein Traum, daß ich Faustina in Jerusalem gesehen habe«, sagte der junge Rhetor.

»Ich nehme es auf mich, mein Vergehen vor dem Kaiser zu verantworten«, sagte Pilatus. »Er wird begreifen, daß dieser Schwärmer, der sich widerstandslos von meinen Knechten mißhandeln ließ, nicht die Macht gehabt hätte, ihm zu helfen.«

In demselben Augenblick, wo diese Worte ausgesprochen wurden, wurde das Haus von einem Getöse erschüttert, das wie heftig grollender Donner klang, und ein Erdbeben ließ den Boden erzittern.

Der Palast des Landpflegers blieb unversehrt stehen, aber unmittelbar nach dem Erdbeben vernahm man von allen Seiten das entsetzeneinflößende Krachen von einstürzenden Häusern und fallenden Säulen. Sowie eine Menschenstimme sich Gehör verschaffen konnte, rief der Landpfleger einen Sklaven zu sich.

»Eile zum Richtplatz und befiehl in meinem Namen, daß der Prophet aus Nazareth vom Kreuze genommen werde!«

Der Sklave eilte von dannen. Die Tischgesellschaft begab sich vom Speisesaale in das Peristyl, um unter offnem Himmel zu sein, falls das Erdbeben sich wiederholen sollte. Niemand wagte ein Wort zu sagen, während sie der Rückkehr des Sklaven harrten.

Dieser kam sehr bald wieder. Er blieb vor dem Landpfleger stehen.

»Du hast ihn am Leben gefunden?« fragte dieser.

»Herr, er war verschwunden, und in demselben Augenblick, wo er seinen Geist aufgab, geschah das Erdbeben.« Kaum hatte er dies gesagt, als ein paar harte Schläge am äußeren Tor ertönten. Als sie diese Schläge hörten, zuckten alle zusammen und sprangen empor, als wäre wieder ein Erdbeben losgebrochen.

Gleich darauf erschien ein Sklave.

»Es sind die edle Faustina und Sulpicius, des Kaisers Verwandter. Sie sind gekommen, um dich zu bitten, du mögest ihnen helfen, den Propheten aus Nazareth zu finden.«

Ein leises Gemurmel ging durch das Peristyl, und leichte Schritte wurden hörbar. Als der Landpfleger sich umsah, merkte er, daß seine Freunde von ihm zurückgewichen waren, wie von einem, der dem Unglück verfallen ist.

9

Die alte Faustina war in Capreae an Land gestiegen und hatte den Kaiser aufgesucht. Sie erzählte ihm ihre Geschichte, und während sie sprach, wagte sie kaum, ihn anzusehen. Während ihrer Abwesenheit hatte die Krankheit furchtbare Fortschritte gemacht, und sie dachte bei sich selbst: Wenn bei den Himmlischen Barmherzigkeit wäre, so hätten sie mich sterben lassen, bevor ich diesem armen, gequälten Menschen sagen mußte, daß alle Hoffnung vorüber ist.

Zu ihrem Staunen hörte ihr Tiberius aber mit der größten Gleichgültigkeit zu. Als sie ihm erzählte, daß der große Wundertäter am selben Tage gekreuzigt worden war, an dem sie in Jerusalem anlangte, und wie nahe sie daran gewesen war, ihn zu retten, da begann sie unter der Schwere ihrer Enttäuschung zu weinen. Aber Tiberius sagte nur: »Du grämst dich also wirklich darüber. Ach, Faustina, ein ganzes Leben in Rom hat dir also den Glauben an Zauberer und Wundertäter nicht genommen, den du in deiner Kindheit in den Sabinerbergen eingesogen hast.«

Da sah die Alte ein, daß Tiberius nie Hilfe von dem Propheten aus Nazareth erwartet hatte.

»Warum ließest du mich dann diese Fahrt in das

ferne Land machen, wenn du sie die ganze Zeit über für fruchtlos hieltest?«

»Du bist mein einziger Freund«, sagte der Kaiser. »Warum sollte ich dir eine Bitte abschlagen, solange es noch in meiner Macht steht, sie zu gewähren?«

Aber die Alte wollte sich nicht darein schicken, daß der Kaiser sie zum besten gehalten hatte.

»Siehst du, das ist deine alte Hinterlist«, sagte sie aufbrausend. »Das ist es eben, was ich am wenigsten an dir leiden kann.«

»Du hättest nicht zu mir zurückkehren sollen«, sagte Tiberius. »Du hättest in deinen Bergen bleiben müssen.«

Für einen Augenblick sah es aus, als würden die beiden, die so oft aneinandergeraten waren, wieder in ein Wortgefecht geraten, aber der Groll der Alten verflog sogleich. Die Zeiten waren vorüber, wo sie ernstlich mit dem Kaiser hatte hadern können. Sie senkte die Stimme wieder. Doch konnte sie nicht ganz und gar von jedem Versuche, recht zu behalten, abstehen.

»Aber dieser Mann war wirklich ein Prophet«, sagte sie. »Ich habe ihn gesehen. Als seine Augen den meinigen begegneten, glaubte ich, er sei ein Gott. Ich war wahnsinnig, daß ich ihn in den Tod gehen ließ.«

»Ich bin froh, daß du ihn sterben ließest«, sagte Tiberius. »Er war ein Majestätsverbrecher und Aufrührer.«

Faustina war wieder nahe daran, in Zorn zu geraten.

»Ich habe mit vielen seiner Freunde in Jerusalem über ihn gesprochen«, sagte sie. »Er hat die Verbrechen nicht begangen, deren er bezichtigt wurde.«

»Wenn er auch nicht gerade diese Verbrechen begangen hat, so war er doch darum gewiß nicht besser als irgendein andrer«, sagte der Kaiser müde. »Wo ist der Mensch, der in seinem Leben nicht tausendmal den Tod verdient hätte?«

Aber diese Worte des Kaisers bestimmten Faustina,

etwas zu tun, weswegen sie bis dahin unschlüssig gewesen war. »Ich will dir doch eine Probe seiner Macht geben«, sagte sie. »Ich sagte dir vorhin, daß ich mein Schweißtuch auf sein Gesicht legte. Es ist dasselbe Tuch, das ich jetzt in meiner Hand halte. Willst du es einen Augenblick betrachten?« Sie breitete das Schweißtuch vor dem Kaiser aus, und er sah darauf den schattenhaften Umriß eines Menschengesichtes abgezeichnet.

Die Stimme der Alten zitterte vor Rührung, als sie fortfuhr: »Dieser Mann sah, daß ich ihn liebte. Ich weiß nicht, durch welche Macht er imstande war, mir sein Bild zu hinterlassen. Aber meine Augen füllen sich mit Tränen, da ich es sehe.«

Der Kaiser beugte sich vor und betrachtete dieses Bild, das aus Blut und Tränen und den schwarzen Schatten des Schmerzes gemacht schien. So allmählich trat das ganze Gesicht vor ihm hervor, wie es in das Schweißtuch eingedrückt war. Er sah die Blutstropfen auf der Stirn; die stechende Dornenkrone, das Haar, das klebrig von Blut war, und den Mund, dessen Lippen in Leid zu beben schienen. Er beugte sich immer tiefer zu dem Bilde hinunter. Immer klarer trat das Gesicht hervor. Aus den schattenhaften Linien sah er mit einem Male die Augen gleichsam in verborgenem Leben strahlen. Und während sie zu ihm von dem furchtbarsten Leid sprachen, zeigten sie ihm zugleich eine Reinheit und Hoheit, wie er sie nie zuvor geschaut hatte.

Er lag auf seiner Ruhebank und sog dieses Bild mit den Augen ein. »Ist dies ein Mensch?« fragte er sacht und leise. »Ist dies ein Mensch?«

Wieder lag er still und betrachtete das Bild. Die Tränen begannen über seine Wangen zu strömen. »Ich traure über deinen Tod, du Unbekannter«, flüsterte er. »Faustina«, rief er endlich, »warum ließest du diesen Mann sterben? Er hätte mich geheilt.«

Und wieder versank er in die Betrachtung des Bildes. »Du Mensch«, sagte er nach einer Weile. »Wenn ich nicht mein Heil von dir empfangen kann, so kann ich dich doch rächen. Meine Hand wird schwer auf denen ruhen, die dich mir gestohlen haben.«

Wieder lag er lange Zeit schweigend, dann aber ließ er sich zu Boden gleiten und sank vor dem Bilde auf die Knie. »Du bist der Mensch«, sagte er. »Du bist, was ich nie zu sehen gehofft habe.« Und er deutete auf sich selbst, sein zerstörtes Gesicht und seine zerfressenen Hände. »Ich und alle anderen, wir sind wilde Tiere und Ungeheuer, aber du bist der Mensch.«

Er neigte den Kopf so tief vor dem Bilde, daß er die Erde berührte. »Erbarme dich meiner, du Unbekannter!« sagte er, und seine Tränen benetzten die Steine.

»Wenn du am Leben geblieben wärest, so hätte dein bloßer Anblick mich geheilt«, sagte er.

Die arme alte Frau erschrak darüber, was sie getan hatte. Es wäre klüger gewesen, dem Kaiser das Bild nicht zu zeigen, dachte sie. Sie hatte von Anfang an gefürchtet, daß sein Schmerz allzu groß sein würde, wenn er es sähe. Und in ihrer Verzweiflung über den Kummer des Kaisers riß sie das Bild an sich, gleichsam, um es seinem Blick zu entziehen.

Da sah der Kaiser auf. Und siehe da, seine Gesichtszüge waren verwandelt, und er war, wie er vor der Krankheit gewesen war. Es war, als hätte diese ihre Wurzel und Nahrung in dem Hasse und der Menschenverachtung gehabt, die in seinem Herzen gewohnt hatten; und sie hatte in demselben Augenblick entfliehen müssen, in dem er Liebe und Mitleid gefühlt hatte.

Aber am nächsten Tage sendete Tiberius drei Boten aus. Der erste Bote ging nach Rom und befahl, daß der Senat eine Untersuchung anstelle, wie der Landpfleger in Palästina sein Amt verwalte, und ihn bestrafe, wenn es sich erweisen solle, daß er das Volk unterdrücke und Unschuldige zum Tode verurteile.

Der zweite Bote wurde zu dem Winzer und seiner

Frau geschickt, um ihnen zu danken und sie für den Rat zu belohnen, den sie dem Kaiser gegeben hatten, und um ihnen zugleich zu sagen, wie alles abgelaufen war. Als sie alles zu Ende gehört hatten, weinten sie still, und der Mann sagte: »Ich weiß, daß ich meiner Lebtag darüber nachgrübeln werde, was geschehen wäre, wenn diese beiden sich begegnet wären.« Aber die Frau erwiderte: »Es konnte nicht anders kommen. Es war ein zu großer Gedanke, daß diese beiden sich begegnen sollten. Gott der Herr wußte, daß die Welt ihn nicht zu ertragen vermochte.«

Der dritte Bote ging nach Palästina und brachte von dort einige von Jesu Jüngern nach Capreae, und diese begannen hier die Lehre zu verkünden, die der Gekreuzigte gepredigt hatte.

Als diese Lehrer in Capreae anlangten, lag die alte Faustina auf dem Totenbette. Aber sie konnten sie noch vor ihrem Tode zu der Jüngerin des großen Propheten machen und sie taufen. Und in der Taufe wurde sie Veronika genannt, weil es ihr beschieden gewesen war, den Menschen das wahre Bild des Erlösers zu bringen.

Das Kindlein von Bethlehem

Vor dem Stadttor in Bethlehem stand ein römischer Kriegsknecht Wache. Er trug Harnisch und Helm, er hatte ein kurzes Schwert an der Seite und hielt eine lange Lanze in der Hand. Den ganzen Tag stand er beinahe regungslos, so daß man ihn wirklich für einen Mann aus Eisen halten konnte. Die Stadtleute gingen durch das Tor aus und ein, Bettler ließen sich im Schatten unter dem Torbogen nieder, Obstverkäufer und Weinhändler stellten ihre Körbe und Gefäße auf den Boden neben den Kriegsknecht hin, aber er gab sich kaum die Mühe, den Kopf zu wenden, um ihnen nachzusehen.

Das ist doch nichts, um es zu betrachten, schien er sagen zu wollen. Was kümmere ich mich um euch, die ihr arbeitet und Handel treibt und mit Ölkrügen und Weinschläuchen angezogen kommt! Laßt mich ein Kriegsheer sehen, das sich aufstellt, um dem Feinde entgegenzuziehen! Laßt mich das Gewühl sehen und den heißen Streit, wenn ein Reitertrupp sich auf eine Schar Fußvolk stürzt! Laßt mich die Tapferen sehen, die mit Sturmleitern vorwärtseilen, um die Mauern einer belagerten Stadt zu ersteigen! Nichts andres kann mein Auge erfreuen als der Krieg. Ich sehne mich danach, Roms Adler in der Luft blinken zu sehen. Ich sehne mich nach dem Schmettern der Kupferhörner, nach schimmernden Waffen, nach rot verspritzendem Blut. Gerade vor dem Stadttor erstreckte sich ein prächtiges Feld, das ganz mit Lilien bewachsen war. Der Kriegsknecht stand jeden Tag da, die Blicke gerade auf dieses Feld gerichtet, aber es kam ihm keinen Augenblick in den Sinn, die außerordentliche Schönheit der Blumen zu bewundern. Zuweilen merkte er, daß die Vorübergehenden stehenblieben und sich an den Lilien freuten, und dann staunte er, daß sie ihre

Wanderung verzögerten, um etwas so Unbedeutendes anzuschauen. Diese Menschen wissen nicht, was schön ist, dachte er. Und wie er so dachte, sah er nicht mehr die grünenden Felder und die Olivenhügel rings um Bethlehem vor seinen Augen, sondern er träumte sich fort in eine glühend heiße Wüste in dem sonnenreichen Libyen. Er sah eine Legion Soldaten in einer langen geraden Linie über den gelben Sand ziehen. Nirgends gab es Schutz vor den Sonnenstrahlen, nirgends einen labenden Quell, nirgends war eine Grenze der Wüste oder ein Ziel der Wanderung zu erblicken. Er sah die Soldaten, von Hunger und Durst ermattet, mit schwankenden Schritten vorwärtswandern. Er sah einen nach dem andern zu Boden stürzen, von der glühenden Sonnenhitze gefällt. Aber trotz allem zog die Truppe stetig vorwärts, ohne zu zaudern, ohne daran zu denken, den Feldherrn im Stich zu lassen oder umzukehren.

Sehet hier, was schön ist! dachte der Kriegsknecht. Seht, was den Blick eines tapfern Mannes verdient!

Während der Kriegsknecht Tag für Tag an demselben Platze auf seinem Posten stand, hatte er die beste Gelegenheit, die schönen Kinder zu betrachten, die rings um ihn spielten. Aber es war mit den Kindern wie mit den Blumen. Er begriff nicht, daß es der Mühe wert sein könnte, sie zu betrachten. Was ist dies, um sich daran zu freuen? dachte er, als er die Menschen lächeln sah, wenn sie den Spielen der Kinder zusahen. Es ist seltsam, daß sich jemand über ein Nichts freuen kann. Eines Tages, als der Kriegsknecht wie gewöhnlich auf seinem Posten vor dem Stadttore stand, sah er ein kleines Knäblein, das ungefähr drei Jahre alt sein mochte, auf die Wiese kommen, um zu spielen. Es war ein armes Kind, das in ein kleines Schaffell gekleidet war und ganz allein spielte. Der Soldat stand und beobachtete den kleinen Ankömmling, beinahe ohne es selbst zu merken. Das erste, was ihm auffiel, war, daß der Kleine so leicht über das Feld lief, daß er auf den

Spitzen der Grashalme zu schweben schien. Aber als er dann anfing, seine Spiele zu verfolgen, da staunte er noch mehr. »Bei meinem Schwerte«, sagte er schließlich, »dieses Kind spielt nicht wie andre! Was kann das sein, womit es sich da ergötzt?«

Das Kind spielte nur wenige Schritte von dem Kriegsknecht entfernt, so daß er darauf achten konnte, was es vornahm. Er sah, wie es die Hand ausstreckte, um eine Biene einzufangen, die auf dem Rande einer Blume saß und so schwer mit Blütenstaub beladen war, daß sie kaum die Flügel zum Fluge zu heben vermochte. Er sah zu seiner großen Verwunderung, daß die Biene sich, ohne einen Versuch zu entfliehen und ohne ihren Stachel zu gebrauchen, fangen ließ. Aber als der Kleine die Biene sicher zwischen seinen Fingern hielt, lief er fort zu einer Spalte in der Stadtmauer, wo ein Schwarm Bienen seine Wohnstatt hatte, und setzte das Tierchen dort ab. Und sowie er auf diese Weise einer Biene geholfen hatte, eilte er sogleich von dannen, um einer andern beizustehen. Den ganzen Tag sah ihn der Soldat Bienen einfangen und sie in ihr Heim tragen.

Dieses Knäblein ist wahrlich törichter als irgend jemand, den ich bis heute gesehen habe, dachte der Kriegsknecht. Wie kann es ihm einfallen, zu versuchen, diesen Bienen beizustehen, die sich so gut ohne ihn helfen und die ihn obendrein mit ihrem Stachel stechen können? Was für ein Mensch soll aus ihm werden, wenn er am Leben bleibt? Der Kleine kam Tag für Tag wieder und spielte draußen auf der Wiese, und der Kriegsknecht konnte es nicht lassen, sich über ihn und seine Spiele zu wundern. Es ist recht seltsam, dachte er, nun habe ich volle drei Jahre an diesem Tor Wache gestanden, und noch niemals habe ich etwas zu Gesicht bekommen, was meine Gedanken beschäftigt hätte, außer diesem Kinde. Aber der Kriegsknecht hatte durchaus keine Freude an dem Kinde. Im Gegenteil, der Kleine erinnerte ihn an eine furchtbare

Madonna mit Kind und Engeln (Madonna dei çherubini rossi, 1480–90)
Venedig, Gallerie dell' Accademia

Madonna mit Kind (Madonna degli Albarelli, 1487)
Venedig, Gallerie dell' Accademia

Weissagung eines alten jüdischen Sehers. Dieser hatte nämlich prophezeit, daß einmal eine Zeit des Friedens sich auf die Erde senken würde. Während eines Zeitraumes von tausend Jahren würde kein Blut vergossen, kein Krieg geführt werden, sondern die Menschen würden einander lieben wie Brüder. Wenn der Kriegsknecht daran dachte, daß etwas so Entsetzliches wirklich eintreffen könnte, dann durcheilte seinen Körper ein Schauder, und er umklammerte hart seine Lanze, gleichsam um eine Stütze zu suchen. Und je ehr nun der Kriegsknecht von dem Kleinen und seinen Spielen sah, desto häufiger mußte er an das Reich des tausendjährigen Friedens denken. Zwar fürchtete er nicht, daß es schon angebrochen sein könnte, aber er liebte es nicht, an so etwas Verabscheuungswürdiges auch nur denken zu müssen.

Eines Tages, als der Kleine zwischen den Blumen auf dem schönen Feld spielte, kam ein sehr heftiger Regenschauer aus den Wolken herniedergeprasselt. Als er merkte, wie groß und schwer die Tropfen waren, die auf die zarten Lilien niederschlugen, schien er für seine schönen Freundinnen besorgt zu werden. Er eilte zu der schönsten und größten unter ihnen und beugte den steifen Stengel, der die Blüten trug, zur Erde, so daß die Regentropfen die untere Seite der Kelche trafen. Und sowie er mit einer Blumenstaude in dieser Weise verfahren war, eilte er zu einer anderen und beugte ihren Stengel in gleicher Weise, so daß die Blumenkelche sich der Erde zuwendeten. Und dann zu einer dritten und vierten, bis alle Blumen der Flur gegen den heftigen Regen geschützt waren.

Der Kriegsknecht mußte bei sich lächeln, als er die Arbeit des Knaben sah. »Ich fürchte, die Lilien werden ihm keinen Dank dafür wissen«, sagte er. »Alle Stengel sind natürlich abgebrochen. Es geht nicht an, die steifen Pflanzen auf diese Art zu beugen.«

Aber als der Regenschauer endlich aufhörte, sah der

Kriegsknecht das Knäblein zu den Lilien eilen und ie aufrichten. Und zu seinem unbeschreiblichen Staunen richtete das Kind ohne die mindeste Mühe die steifen Stengel gerade. Es zeigte sich, daß kein einziger von ihnen gebrochen oder beschädigt war. Es eilte von lume zu Blume, und alle geretteten Lilien strahlten bald in vollem Glanze auf der Flur.

Als der Kriegsknecht dies sah, bemächtigte sich seiner ein seltsamer Groll. Sieh doch an, welch ein Kind! dachte er. Es ist kaum zu glauben, daß es etwas so Törichtes beginnen kann. Was für ein Mann soll aus diesem Kleinen werden, der es nicht einmal ertragen kann, eine Lilie zerstört zu sehen? Wie würde es ablaufen, wenn so einer in den Krieg müßte? Was würde er anfangen, wenn man ihm den Befehl gäbe, ein Haus anzuzünden, das voller Frauen und Kinder wäre, oder ein Schiff in Grund zu bohren, das mit seiner ganzen Besatzung über die Wellen führe?

Wieder mußte er an die alte Prophezeiung denken, und er begann zu fürchten, daß die Zeit wirklich angebrochen sein könnte, zu der sie in Erfüllung gehen sollte. Sintemalen ein Kind gekommen ist wie dieses, ist diese fürchterliche Zeit vielleicht ganz nahe. Schon jetzt herrscht Friede auf der ganzen Welt, und sicherlich wird der Tag des Krieges niemals mehr anbrechen. Von nun an werden alle Menschen von derselben Gemütsart sein wie dieses Kind. Sie werden fürchten, einander zu schaden, ja, sie werden es nicht einmal übers Herz bringen, eine Biene oder eine Blume zu zerstören. Keine großen Heldentaten werden mehr vollbracht. Keine herrlichen Siege wird man erringen, und kein glänzender Triumphator wird zum Kapitol hinanziehen. Es wird für einen tapferen Mann nichts mehr geben, was er ersehnen könnte.

Und der Kriegsknecht, der noch immer hoffte, neue Kriege zu erleben und sich durch Heldentaten zu Macht und Reichtum aufzuschwingen, war so ergrimmt gegen den kleinen Dreijährigen, daß er drohend die Lanze nach ihm ausstreckte, als er das nächste Mal an ihm vorbeilief.

An einem andern Tage jedoch waren es weder die Bienen noch die Lilien, denen der Kleine beizustehen suchte, sondern er tat etwas, was den Kriegsknecht noch viel unnötiger und undankbarer deuchte.

Es war ein furchtbar heißer Tag, und die Sonnenstrahlen, die auf den Helm und die Rüstung des Soldaten fielen, erhitzten sich so, daß ihm war, als trüge er ein Kleid aus Feuer. Für die Vorübergehenden hatte es den Anschein, als müßte er schrecklich unter der Wärme leiden. Seine Augen traten blutunterlaufen aus dem Kopfe, und die Haut seiner Lippen verschrumpfte, aber den Kriegsknecht, der gestählt war und die brennende Hitze in Afrikas Sandwüsten ertragen hatte, deuchte es, daß dies eine geringe Sache wäre, und er ließ es sich nicht einfallen, seinen gewohnten Platz zu verlassen. Er fand im Gegenteil Gefallen daran, den Vorübergehenden zu zeigen, daß er so stark und ausdauernd war und nicht Schutz vor der Sonne zu suchen brauchte.

Während er so dastand und sich beinah lebendig braten ließ, kam der kleine Knabe, der auf dem Felde zu spielen pflegte, plötzlich auf ihn zu.

Er wußte wohl, daß der Legionär nicht zu seinen Freunden gehörte, und er pflegte sich zu hüten, in den Bereich seiner Lanze zu kommen, aber nun trat er dicht an ihn heran, betrachtete ihn lange und genau und eilte dann in vollem Laufe über den Weg. Als er nach einer Weile zurückkam, hielt er beide Hände ausgebreitet wie eine Schale und brachte auf diese Weise ein paar Tropfen Wasser mit.

Ist dies Kind jetzt gar auf den Einfall gekommen, fortzulaufen und für mich Wasser zu holen? dachte der Soldat. Das ist doch wirklich ohne allen Verstand. Sollte ein römischer Legionär nicht ein bißchen Wärme ertragen können? Was braucht dieser Kleine herumzulaufen, um denen zu helfen, die keiner Hilfe bedürfen? Mich gelüstet nicht nach seiner Barmherzigkeit. Ich wünschte, daß er und alle, die ihm gleichen, nicht mehr auf dieser Welt wären.

Der Kleine kam sehr behutsam heran. Er hielt seine Finger fest zusammengepreßt, damit nichts verschüttet werde oder überlaufe. Während er sich dem Kriegsknecht näherte, hielt er die Augen ängstlich auf das klein bißchen Wasser geheftet, das er mitbrachte, und sah also nicht, daß dieser mit tief gerunzelter Stirn und abweisenden Blicken dastand. Endlich blieb er dicht vor dem Legionär stehen und bot ihm das Wasser.

Im Gehen waren seine schweren, lichten Locken ihm immer tiefer in die Stirn und die Augen gefallen. Er schüttelte ein paarmal den Kopf, um das Haar zurückzuwerfen, damit er aufblicken könnte. Als ihm dies endlich gelang und er den harten Ausdruck in dem Gesichte des Kriegsknechts gewahrte, erschrak er gar nicht, sondern blieb stehen und lud ihn mit einem bezaubernden Lächeln ein, von dem Wasser zu trinken, das er mitbrachte. Aber der Kriegsknecht hatte keine Lust, eine Wohltat von diesem Kinde zu empfangen, das er als seinen Feind betrachtete. Er sah nicht hinab in sein schönes Gesicht, sondern stand starr und regungslos und machte nicht Miene, als verstünde er, was das Kind für ihn tun wollte.

Aber das Knäblein konnte gar nicht fassen, daß der andre es abweisen wollte. Es lächelte noch immer ebenso vertrauensvoll, stellte sich auf die Zehenspitzen und streckte die Hände so hoch in die Höhe, als es vermochte, damit der großgewachsene Soldat das Wasser leichter erreiche.

Der Legionär fühlte sich jedoch so verunglimpft dadurch, daß ein Kind ihm helfen wollte, daß er nach seiner Lanze griff, um den Kleinen in die Flucht zu jagen.

Aber nun begab es sich, daß gerade in demselben Augenblick die Hitze und der Sonnenschein mit solcher Heftigkeit auf den Kriegsknecht hereinbrachen, daß er rote Flammen vor seinen Augen lodern sah und fühlte, wie sein Gehirn im Kopfe schmolz. Er fürchtete, daß die Sonne ihn morden würde, wenn er nicht augenblicklich Linderung fände.

Und außer sich vor Schrecken über die Gefahr, in der er schwebte, schleuderte er die Lanze zu Boden, umfaßte mit beiden Händen das Kind, hob es empor und schlürfte, soviel er konnte, von dem Wasser, das es in den Händen hielt. Es waren freilich nur ein paar Tropfen, die seine Zunge benetzten, aber mehr waren auch nicht vonnöten. Sowie er das Wasser gekostet hatte, durchrieselte wohlige Erquickung seinen Körper, und er fühlte Helm und Harnisch nicht mehr lasten und brennen. Die Sonnenstrahlen hatten ihre tödliche Macht verloren. Seine trockenen Lippen wurden wieder weich, und die roten Flammen tanzten icht mehr vor seinen Augen.

Bevor er noch Zeit hatte, dies alles zu merken, hatte er das Kind schon zu Boden gestellt, und es lief wieder fort und spielte auf der Flur. Nun begann er erstaunt zu sich selber zu sagen: Was war dies für ein Wasser, das das Kind mir bot? Es war ein herrlicher Trank. Ich muß ihm wahrlich meine Dankbarkeit zeigen.

Aber da er den Kleinen haßte, schlug er sich diese Gedanken alsobald aus dem Sinn. Es ist ja nur ein Kind, dachte er, es weiß nicht, warum es so oder so handelt. Er spielt nur das Spiel, das ihm am besten gefällt. Findet es vielleicht Dankbarkeit bei den Bienen der bei den Lilien? Um dieses Knäbleins willen brauche ich mir keinerlei Ungemach zu bereiten. Es weiß nicht einmal, daß es mir beigestanden hat. Und er empfand womöglich noch mehr Groll gegen das Kind, als er ein paar Augenblicke später den Anführer der römischen Soldaten, die in Bethlehem lagen, durch das Tor kommen sah. Man sehe nur, dachte er, in welcher Gefahr ich durch den Einfall des Kleinen geschwebt habe! Wäre Voltigius nur um ein weniges früher gekommen, er hätte mich mit einem Kinde in den Armen dastehen sehen.

Der Hauptmann schritt jedoch gerade auf den Kriegsknecht zu und fragte ihn, ob sie hier miteinander sprechen können, ohne daß jemand sie belausche. Er hätte ihm ein Geheimnis anzuvertrauen.

»Wenn wir uns nur zehn Schritte von dem Tor entfernen«, antwortete der Kriegsknecht, »so kann uns niemand hören.«

»Du weißt«, sagte der Hauptmann, »daß König Herodes einmal ums andre versucht hat, sich eines Kindleins zu bemächtigen, das hier in Bethlehem aufwächst. Seine Seher und Priester haben ihm gesagt, daß dieses Kind seinen Thron besteigen werde, und außerdem haben sie prophezeit, daß der neue König ein tausendjähriges Reich des Friedens und der Heiligkeit gründen werde. Du begreifst also, daß Herodes ihn gerne unschädlich machen will.«

»Freilich begreife ich es«, sagte der Kriegsknecht eifrig, »aber das muß doch das Leichteste auf der Welt sein.«

»Es wäre allerdings sehr leicht«, sagte der Hauptmann, »wenn der König nur wüßte, welches von allen den Kindern hier in Bethlehem gemeint ist.«

Die Stirne des Kriegsknechts legte sich in tiefe Falten. »Es ist bedauerlich, daß seine Wahrsager ihm hierüber keinen Aufschluß geben können.«

»Jetzt aber hat Herodes eine List gefunden, durch die er glaubt, den jungen Friedensfürsten unschädlich machen zu können«, fuhr der Hauptmann fort. »Er verspricht jedem eine herrliche Gabe, der ihm hierin beistehen will.«

»Was immer Voltigius befehlen mag, es wird auch ohne Lohn oder Gabe vollbracht werden«, sagte der Soldat.

»Habe Dank«, sagte der Hauptmann. »Höre nun des Königs Plan! Er will den Jahrestag der Geburt seines jüngsten Sohnes durch ein Fest feiern, zu dem alle

Knaben in Bethlehem, die zwischen zwei und drei Jahre alt sind, mit ihren Müttern geladen werden sollen. Und bei diesem Feste – –« Er unterbrach sich und lachte, als er den Ausdruck des Abscheus sah, der sich auf dem Gesichte des Soldaten malte.

»Guter Freund«, fuhr er fort, »du brauchst nicht zu befürchten, daß Herodes uns als Kinderwärter verwenden will. Neige nun dein Ohr zu meinem Munde, so will ich dir seine Absichten anvertrauen.«

Der Hauptmann flüsterte lange mit dem Kriegsknecht, und als er ihm alles mitgeteilt hatte, fügte er hinzu:

»Ich brauche dir wohl nicht erst zu sagen, daß die strengste Verschwiegenheit nötig ist, wenn nicht das ganze Vorhaben mißlingen soll.«

»Du weißt, Voltigius, daß du dich auf mich verlassen kannst«, sagte der Kriegsknecht.

Als der Anführer sich entfernt hatte und der Kriegsknecht wieder allein auf seinem Posten stand, sah er sich nach dem Kinde um. Das spielte noch immer unter den Blumen, und er ertappte sich bei dem Gedanken, daß es sie so leicht und anmutsvoll umschwebe wie ein Schmetterling.

Auf einmal fing der Krieger zu lachen an. »Ja, richtig«, sagte er, »dieses Kind wird mir nicht lange mehr ein Dorn im Auge sein. Es wird ja auch an jenem Abende zum Fest des Herodes geladen werden.«

Der Kriegsknecht harrte den ganzen Tag auf seinem Posten aus, bis der Abend anbrach und es Zeit wurde, die Stadttore für die Nacht zu schließen.

Als dies geschehen war, wanderte er durch schmale, dunkle Gäßchen zu einem prächtigen Palaste, den Herodes in Bethlehem besaß.

Im Innern dieses gewaltigen Palastes befand sich ein großer, steingepflasterter Hof, der von Gebäuden umkränzt war, an denen entlang drei offene Galerien liefen, eine über der anderen. Auf der obersten dieser Galerien sollte, so hatte es der König bestimmt, das Fest für die bethlehemischen Kinder stattfinden.

Diese Galerie war, gleichfalls auf den ausdrücklichen Befehl des Königs, so umgewandelt, daß sie einem gedeckten Gange in einem herrlichen Lustgarten glich. Über die Decke schlangen sich Weinranken, von denen üppige Trauben herabhingen, und den Wänden und Säulen entlang standen kleine Granat- und Orangenbäumchen, die über und über mit reifen Früchten bedeckt waren. Der Fußboden war mit Rosenblättern bestreut, die dicht und weich lagen wie ein Teppich, und entlang der Balustrade, den Deckengesimsen, den Tischen und den niedrigen Ruhebetten, überall erstreckten sich Girlanden von weißen strahlenden Lilien.

In diesem Blumenhain standen hier und da große Marmorbassins, wo gold- und silberglitzernde Fischlein in durchsichtigem Wasser spielten. Auf den Bäumen saßen bunte Vögel aus fernen Ländern, und in einem Käfig hockte ein alter Rabe, der ohne Unterlaß sprach.

Zu Beginn des Festes zogen Kinder und Mütter in die Galerie ein. Die Kinder waren gleich beim Betreten des Palastes in weiße Gewänder mit Purpurborten gekleidet worden, und man hatte ihnen Rosenkränze auf die dunkellockigen Köpfchen gedrückt. Die Frauen kamen stattlich heran in ihren roten und blauen Gewändern und ihren weißen Schleiern, die von hohen kegelförmigen Kopfbedeckungen, mit Goldmünzen und Ketten besetzt, herniederwallten. Einige trugen ihr Kind hoch auf der Schulter sitzend, andere führten ihr Söhnlein an der Hand, und einige wieder, deren Kinder scheu und verschüchtert waren, hatten sie auf ihre Arme gehoben.

Die Frauen ließen sich auf dem Boden der Galerie nieder. Sowie sie Platz genommen hatten, kamen Sklaven herbei und stellten niedrige Tischchen vor sie hin, worauf sie auserlesene Speisen und Getränke stellten, so wie es sich bei dem Feste eines Königs geziemt. Und alle diese glücklichen Mütter begannen zu essen und zu trinken, ohne jene stolze anmutvolle Würde abzulegen, die die schönste Zier der bethlehemitischen Frauen ist.

Der Wand der Galerie entlang und beinahe von Blumengirlanden und fruchtbeladenen Bäumchen verdeckt, waren doppelte Reihen von Kriegsknechten in voller Rüstung aufgestellt. Sie standen vollkommen regungslos, als hätten sie nichts mit dem zu schaffen, was rund um sie vorging. Die Frauen konnten es nicht lassen, bisweilen einen verwunderten Blick auf die Schar von Geharnischten zu werfen. »Wozu bedarf es ihrer?« flüsterten sie. »Meint Herodes, daß wir uns nicht zu betragen wüßten? Glaubt er, daß es einer solchen Menge Kriegsknechte bedürfte, um uns im Zaume zu halten?«

Aber andere flüsterten zurück, daß es so wäre, wie es bei einem König sein müßte. Herodes selbst gäbe niemals ein Fest, ohne daß sein ganzes Haus von Kriegsknechten erfüllt wäre. Um sie zu ehren, stünden die bewaffneten Legionäre da und hielten Wacht.

Zu Beginn des Festes waren die kleinen Kinder scheu und unsicher und hielten sich still zu ihren Müttern. Aber bald begannen sie sich in Bewegung zu setzen und von den Herrlichkeiten Besitz zu ergreifen, die Herodes ihnen bot. Es war ein Zauberland, das der König für seine kleinen Gäste geschaffen hatte. Als sie die Galerie durchwanderten, fanden sie Bienenkörbe, deren Honig sie plündern konnten, ohne daß eine einzige erzürnte Biene sie daran hinderte. Sie fanden Bäume, die mit sanftem Neigen ihre fruchtbeladenen Zweige zu ihnen heruntersenkten. Sie fanden in einer Ecke Zauberkünstler, die in einem Nu ihre Taschen voll Spielzeug zauberten, und in einem andern Winkel der Galerie einen Tierbändiger, der ihnen ein paar Tiger zeigte, so zahm, daß sie auf ihrem Rücken reiten konnten. Aber in diesem Paradiese mit allen seinen

Wonnen gab es doch nichts, was den Sinn der Kleinen so angezogen hätte wie die lange Reihe von Kriegsknechten, die unbeweglich an der einen Seite der Galerie standen. Ihre Blicke wurden von den glänzenden Helmen gefesselt, von den strengen, stolzen Gesichtern, von den kurzen Schwertern, die in reichverzierten Scheiden staken.

Während sie miteinander spielten und tollten, dachten sie doch unablässig an die Kriegsknechte. Sie hielten sich noch fern von ihnen, aber sie sehnten sich danach, ihnen nahezukommen, zu sehen, ob sie lebendig wären und sich wirklich bewegen könnten.

Das Spiel und die Festesfreude steigerten sich mit jedem Augenblicke, aber die Soldaten standen noch immer regungslos. Es erschien den Kleinen unfaßlich, daß Menschen so nah bei diesen Trauben und allen diesen Leckerbissen stehen konnten, ohne die Hand auszustrecken und danach zu greifen.

Endlich konnte einer der Knaben seine Neugierde nicht länger bemeistern. Er näherte sich behutsam, zu rascher Flucht bereit, einem der Geharnischten, und da der Soldat noch immer regungslos blieb, kam er immer näher. Schließlich war er ihm so nahe, daß er nach seinen Sandalenriemen und seinen Beinschienen tasten konnte.

Da, als wäre dies ein unerhörtes Verbrechen gewesen, setzten sich mit einem Male alle diese Eisenmänner in Bewegung. In unbeschreiblicher Raserei stürzten sie sich auf die Kinder und packten sie. Einige schwangen sie über ihre Köpfe wie Wurfgeschosse und schleuderten sie zwischen den Lampen und Girlanden über die Balustrade der Galerie hinunter zu Boden, wo sie auf den Marmorfliesen zerschellten. Einige zogen ihr Schwert und durchbohrten die Herzen der Kinder, andere wieder zerschmetterten ihre Köpfe an der Wand, ehe sie sie auf den nächtlich dunklen Hof warfen.

Im ersten Augenblick nach dem Vorfall herrschte

Totenstille. Die kleinen Körper schwebten noch in der Luft, die Frauen waren vor Entsetzen versteinert. Aber auf einmal erwachten alle diese Unglücklichen zum Verständnis dessen, was geschehen war, und mit einem einzigen entsetzten Schrei stürzten sie auf die Schergen.

Auf der Galerie waren noch Kinder, die beim ersten Anfall nicht eingefangen worden waren. Die Kriegsknechte jagten sie, und ihre Mütter warfen sich vor ihnen nieder und umfaßten mit bloßen Händen die blanken Schwerter, um den Todesstreich abzuwenden. Einige Frauen, deren Kinder schon tot waren, stürzten sich auf die Kriegsknechte, packten sie an der Kehle und versuchten Rache für ihre Kleinen zu nehmen, indem sie deren Mörder erdrosselten.

In dieser wilden Verwirrung, während grauenvolle Schreie durch den Palast hallten und die grausamsten Bluttaten verübt wurden, stand der Kriegsknecht, der am Stadttor Wache zu halten pflegte, ohne sich zu regen, am obersten Absatz der Treppe, die von der Galerie hinunterführte. Er nahm nicht am Kampfe und am Morden teil; nur gegen die Frauen, denen es gelungen war, ihre Kinder an sich zu reißen und die nun versuchten, mit ihnen die Treppe hinunterzufliehen, erhob er das Schwert, und sein bloßer Anblick, wie er da düster und unerbittlich stand, war so schrecklich, daß die Fliehenden sich lieber die Balustrade hinunterstürzten oder in das Streitgewühl zurückkehrten, als daß sie sich der Gefahr ausgesetzt hätten, sich an ihm vorbeizudrängen.

Voltigius hat wahrlich recht daran getan, mir diesen Posten zuzuweisen, dachte der Kriegsknecht. Ein junger, unbedachter Krieger hätte seinen Posten verlassen und sich in das Gewühl gestürzt. Hätte ich mich von hier fortlocken lassen, so wären mindestens ein Dutzend Kinder entwischt. Während er so dachte, fiel sein Blick auf ein junges Weib, das sein Kind an sich gerissen hatte und jetzt in eiliger Flucht auf ihn zugestürzt kam. Keiner der Legionäre, an denen sie vorbeieilen mußte, konnte ihr den Weg versperren, weil sie sich in vollem Kampfe mit andern Frauen befanden, und so war sie bis zum Ende der Galerie gelangt. Sieh da, eine, die drauf und dran ist, glücklich zu entwischen! dachte der Kriegsknecht. Weder sie noch das Kind sind verwundet. Stünd ich jetzt nicht hier – – –

Die Frau stürzte so rasch auf den Kriegsknecht zu, als ob sie flöge, und er hatte nicht Zeit, ihr Gesicht, oder das des Kindes deutlich zu sehen. Er streckte nur das Schwert gegen sie aus, und mit dem Kinde in ihren Armen stürzte sie darauf zu. Er erwartete, sie im nächsten Augenblicke mit dem Kinde durchbohrt zu Boden sinken zu sehen.

Doch in demselben Augenblick hörte der Soldat ein zorniges Summen über seinem Haupte, und gleich darauf fühlte er einen heftigen Schmerz in einem Auge. Der war so scharf und peinvoll, daß er ganz verwirrt und betäubt ward, und das Schwert fiel aus seiner Hand auf den Boden. Er griff mit der Hand ans Auge, faßte eine Biene und begriff, daß, was ihm den entsetzlichen Schmerz verursacht hatte, nur der Stachel des kleinen Tieres gewesen war. Blitzschnell bückte er sich nach dem Schwerte, in der Hoffnung, daß es noch nicht zu spät wäre, die Fliehenden aufzuhalten.

Aber das kleine Bienlein hatte seine Sache sehr gut gemacht. In der kurzen Zeit, für die es den Kriegsknecht geblendet hatte, war es der jungen Mutter gelungen, an ihm vorüber die Treppen hinunterzustürzen, und obschon er ihr in aller Hast nacheilte, konnte er sie nicht mehr finden. Sie war verschwunden, und in dem ganzen großen Palaste konnte niemand sie entdecken.

*

Am nächsten Morgen stand der Kriegsknecht mit einigen seiner Kameraden dicht vor dem Stadttore Wache. Es war früh am Tage und die schweren Tore waren eben erst geöffnet worden. Aber es war, als ob niemand darauf gewartet hätte, daß sie sich an diesem Morgen auftun sollten, denn keine Scharen von Feldarbeitern strömten aus der Stadt, wie es sonst am Morgen der Brauch war. Alle Einwohner von Bethlehem waren so starr vor Entsetzen über das Blutbad der Nacht, daß niemand sein Heim zu verlassen wagte.

»Bei meinem Schwerte«, sagte der Soldat, wie er da stand und in die enge Gasse hinunterblickte, die zu dem Tore führte, »ich glaube, daß Voltigius einen unklugen Beschluß gefaßt hat. Es wäre besser gewesen, die Tore zu verschließen und jedes Haus der Stadt durchsuchen zu lassen, bis er den Knaben gefunden hätte, dem es gelang, bei dem Feste zu entkommen. Voltigius rechnet darauf, daß seine Eltern versuchen werden, ihn von hier fortzuführen, sobald sie erfahren, daß die Tore offenstehen, und er hofft auch, daß ich ihn gerade hier im Tore fangen werde. Aber ich fürchte, daß dies keine kluge Berechnung ist. Wie leicht kann es ihnen gelingen, ein Kind zu verstecken!« Und er erwog, ob sie wohl versuchen würden, das Kind in dem Obstkorb eines Esels zu verbergen oder in einem ungeheuren Ölkrug oder unter den Kornballen einer Karawane.

Während er so stand und wartete, daß man versuche, ihn zu überlisten, erblickte er einen Mann und eine Frau, die eilig die Gasse heraufschritten und sich dem Tore näherten. Sie gingen rasch und warfen ängstliche Blicke hinter sich, als wären sie auf der Flucht vor irgendeiner Gefahr. Der Mann hielt eine Axt in der Hand und umklammerte sie mit festem Griff, als wäre er entschlossen, sich mit Gewalt seinen Weg zu bahnen, wenn jemand sich ihm entgegenstellte.

Aber der Kriegsknecht sah nicht so sehr den Mann an als die Frau. Er sah, daß sie ebenso hochgewachsen war wie die junge Mutter, die ihm am Abend vorher entkommen war. Er bemerkte auch, daß sie ihren Rock über den Kopf geworfen trug. Sie trägt ihn vielleicht so, dachte er, um zu verbergen, daß sie ein Kind im Arm hält.

Je näher sie kamen, desto deutlicher sah der Kriegsknecht das Kind, das die Frau auf dem Arme trug, sich unter dem gehobenen Kleide abzeichnen. Ich bin sicher, daß sie es ist, die mir gestern abend entschlüpfte, dachte er. Ich konnte ihr Gesicht freilich nicht sehen, aber ich erkenne die hohe Gestalt wieder. Und da kommt sie nun mit dem Kinde auf dem Arm, ohne auch nur zu versuchen, es verborgen zu halten. Wahrlich, ich hatte nicht gewagt, auf einen solchen Glücksfall zu hoffen.

Der Mann und die Frau setzten ihre Wanderung bis zum Stadttor fort. Sie hatten offenbar nicht erwartet, daß man sie hier aufhalten würde, sie zuckten vor Schrecken zusammen, als der Kriegsknecht seine Lanze vor ihnen fällte und ihnen den Weg versperrte.

»Warum verwehrst du uns, ins Feld hinaus an unsere Arbeit zu gehen?« fragte der Mann.

»Du kannst gleich gehen«, sagte der Soldat, »ich muß vorher nur sehen, was dein Weib unter dem Kleide verborgen hält.«

»Was ist daran zu sehen?« sagte der Mann. »Es ist nur Brot und Wein, wovon wir den Tag über leben müssen.«

»Du sprichst vielleicht die Wahrheit«, sagte der Soldat, »aber wenn es so ist, warum läßt sie mich nicht gutwillig sehen, was sie trägt?«

»Ich will nicht, daß du es siehst«, sagte der Mann. »Und ich rate dir, daß du uns vorbei läßt.«

Damit erhob der Mann die Axt, aber die Frau legte die Hand auf seinen Arm.

»Lasse dich nicht in Streit ein!« bat sie. »Ich will etwas andres versuchen. Ich will ihn sehen lassen, was ich trage, und ich bin gewiß, daß er ihm nichts zuleide tun kann.« Und mit einem stolzen und vertrauenden Lächeln wendete sie sich dem Soldaten zu und lüftete einen Zipfel ihres Kleides.

In demselben Augenblick prallte der Soldat zurück und schloß die Augen, wie von einem starken Glanze geblendet. Was die Frau unter ihrem Kleide verborgen hielt, strahlte ihm so blendend weiß entgegen, daß er zuerst gar nicht wußte, was er sah.

»Ich glaubte, du hieltest ein Kind im Arme«, sagte er.

»Du siehst, was ich trage«, erwiderte die Frau.

Da endlich sah der Soldat, daß, was so blendete und leuchtete, nur ein Büschel weißer Lilien war, von derselben Art, wie sie draußen auf dem Felde wuchsen. Aber ihr Glanz war viel reicher und strahlender. Er konnte es kaum ertragen, sie anzusehen.

Er streckte seine Hand zwischen die Blumen. Er konnte den Gedanken nicht loswerden, daß es ein Kind sein müsse, was die Frau da trug, aber er fühlte nur die weichen Blumenblätter.

Er war bitter enttäuscht und hätte in seinem Zornesmute gern den Mann und auch die Frau gefangengenommen, aber er sah ein, daß er für ein solches Verfahren keinen Grund ins Treffen führen konnte.

Als die Frau seine Verwirrung sah, sagte sie: »Willst du uns nicht ziehen lassen?«

Der Kriegsknecht zog stumm die Lanze zurück, die er vor die Türöffnung gehalten hatte, und trat zur Seite.

Aber die Frau zog ihr Kleid wieder über die Blumen und betrachtete gleichzeitig, was sie auf ihrem Arme trug, mit holdseligem Lächeln. »Ich wußte, du würdest ihm nichts zuleide tun können, wenn du es nur sähest«, sagte sie zu dem Kriegsknechte.

Hierauf eilten sie von dannen, aber der Kriegsknecht blieb stehen und blickte ihnen nach, solange sie noch zu sehen waren.

Und während er ihnen mit den Blicken folgte, deuchte es ihn wieder ganz sicher, daß sie kein Büschel Lilien im Arm trüge, sondern ein wirkliches, lebendiges Kind. Indes er noch so stand und den beiden Wanderern nachsah, hörte er von der Straße her laute Rufe. Es waren Voltigius und einige seiner Mannen, die herbeigeeilt kamen.

»Halte sie auf!« riefen sie. »Schließe das Tor vor ihnen! Lasse sie nicht entkommen!«

Und als sie bei dem Kriegsknecht angelangt waren, erzählten sie, daß sie die Spur des entronnenen Knaben gefunden hätten. Sie hätten ihn nun in seiner Behausung gesucht, aber da wäre er wieder entflohen. Sie hätten seine Eltern mit ihm fortgehen sehen. Der Vater wäre ein starker, graubärtiger Mann, der eine Axt trüge, die Mutter eine hochgewachsene Frau, die das Kind unter den hinaufgenommenen Rockfalten verborgen hielte.

In demselben Augenblick, wo Voltigius dies erzählte, kam ein Beduine auf einem guten Pferde zum Tore hereingeritten. Ohne ein Wort zu sagen, stürzte der Kriegsknecht auf den Reiter zu. Er riß ihn mit Gewalt vom Pferde herunter und warf ihn zu Boden. Und mit einem Satze war er selbst auf dem Pferde und sprengte den Weg entlang. Ein paar Tage darauf ritt der Kriegsknecht durch die furchtbare Bergwüste, die sich über den südlichen Teil von Judäa erstreckt. Er verfolgte noch immer die drei Flüchtlinge aus Bethlehem, und er war außer sich, daß diese fruchtlose Jagd niemals ein Ende nahm.

»Es sieht wahrlich aus, als wenn diese Menschen die Gabe hätten, in den Erdboden zu versinken«, murrte er. »Wie viele Male bin ich ihnen in diesen Tagen so nah gewesen, daß ich dem Kinde gerade meine Lanze nachschleudern wollte, und dennoch sind sie mir entkommen! Ich fange zu glauben an, daß ich sie nun und nimmer einholen werde.« Er fühlte sich mutlos wie einer, der zu merken glaubt, daß er gegen etwas Übermächtiges ankämpfe. Er fragte sich, ob es möglich sei, daß die Götter diese Menschen vor ihm beschützten.

»Es ist alles vergebliche Mühe. Besser, ich kehre um, ehe ich vor Hunger und Durst in dieser öden

Wildnis vergehe!« sagte er einmal ums andere zu sich selber.

Aber dann packte ihn die Furcht davor, was ihn bei der Heimkehr erwartete, wenn er unverrichteter Dinge zurückkäme. Er war es, der nun schon zweimal das Kind hatte entkommen lassen. Es war nicht wahrscheinlich, daß Voltigius oder Herodes ihm so etwas verzeihen würden.

»Solange Herodes weiß, daß eins von Bethlehems Kindern noch lebt, wird er immer unter derselben Angst leiden«, sagte der Kriegsknecht. »Das wahrscheinlichste ist, daß er versuchen wird, seine Qualen dadurch zu lindern, daß er mich ans Kreuz schlagen läßt.«

Es war eine heiße Mittagsstunde, und er litt furchtbar auf dem Ritt durch diese baumlose Felsgegend, auf einem Wege, der sich durch tiefe Talklüfte schlängelte, wo kein Lüftchen sich regte. Pferd und Reiter waren dem Umstürzen nahe. Seit mehreren Stunden hatte der Kriegsknecht jede Spur von den Fliehenden verloren, und er fühlte sich mutloser denn je.

Ich muß es aufgeben, dachte er. Wahrlich, ich glaube nicht, daß es der Mühe lohnt, sie weiter zu verfolgen. Sie müssen in dieser furchtbaren Wüstenei ja so oder so zugrunde gehen.

Während er diesen Gedanken nachhing, gewahrte er in einer Felswand, die sich nahe dem Wege erhob, den gewölbten Eingang einer Grotte.

Sogleich lenkte er sein Pferd zu der Grottenöffnung. Ich will ein Weilchen in der kühlen Felshöhle rasten, dachte er. Vielleicht kann ich dann die Verfolgung mit frischer Kraft aufnehmen.

Als er gerade in die Grotte treten wollte, wurde er von etwas Seltsamem überrascht. Zu beiden Seiten des Eingangs wuchsen zwei schöne Lilienstauden. Sie standen hoch und aufrecht, voller Blüten. Sie verbreiteten einen berauschenden Honigduft, und eine Menge Bienen umschwärmten sie.

Dies war ein so ungewohnter Anblick in dieser Wüste, daß der Kriegsknecht etwas Wunderliches tat. Er brach eine große weiße Blume und nahm sie in die Felshöhle mit. Die Grotte war weder tief noch dunkel, und sowie er unter ihre Wölbung trat, sah er, daß schon drei Wanderer da weilten. Es waren ein Mann, eine Frau und ein Kind, die ausgestreckt auf dem Boden lagen, in tiefen Schlummer gesunken.

Niemals hatte der Kriegsknecht sein Herz so pochen fühlen wie bei diesem Anblick. Es waren gerade die drei Flüchtlinge, denen er so lange nachgejagt war. Er erkannte sie sogleich. Und hier lagen sie schlafend, außerstande, sich zu verteidigen, ganz und gar in seiner Gewalt. Sein Schwert fuhr rasselnd aus der Scheide, und er beugte sich hinunter über das schlummernde Kind.

Behutsam senkte er das Schwert zu seinem Herzen und zielte genau, um es mit einem einzigen Stoße aus der Welt schaffen zu können.

Mitten im Zustoßen hielt er einen Augenblick inne, um das Gesicht des Kindes zu sehen. Nun er sich des Sieges sicher wußte, war es ihm eine grausame Wollust, sein Opfer zu betrachten.

Aber als er das Kind sah, da war seine Freude womöglich noch größer, denn er erkannte das kleine Knäblein wieder, das er mit Bienen und Lilien auf dem Felde vor dem Stadttore hatte spielen sehen.

Ja, gewiß, dachte er, das hätte ich schon längst begreifen sollen. Darum habe ich dieses Kind immer gehaßt. Es ist der verheißene Friedensfürst.

Er senkte das Schwert wieder, indes er dachte: Wenn ich den Kopf dieses Kindes vor Herodes niederlege, wird er mich zum Anführer seiner Leibwache machen.

Während er die Schwertspitze dem Schlafenden immer näher brachte, sprach er voll Freude zu sich selber: »Diesmal wenigstens wird niemand dazwischenkommen und ihn meiner Gewalt entreißen!«

Aber der Kriegsknecht hielt noch die Lilie in der Hand, die er am Eingang der Grotte gepflückt hatte, und während er so dachte, flog eine Biene, die in ihrem Kelch verborgen gewesen war, zu ihm auf und umkreiste summend einmal ums andre seinen Kopf.

Der Kriegsknecht zuckte zusammen. Er erinnerte sich auf einmal der Bienen, denen das Knäblein beigestanden hatte, und ihm fiel ein, daß es eine Biene gewesen war, die dem Kinde geholfen hatte, vom Gastmahl des Herodes zu entrinnen.

Dieser Gedanke versetzte ihn in Staunen. Er hielt das Schwert still und blieb stehen und horchte auf die Biene. Nun hörte er das Summen des kleinen Tierchens nicht mehr. Aber während er so ganz still stand, atmete er den starken süßen Duft ein, der von der Lilie ausströmte, die er in der Hand hielt.

Da mußte er an die Lilien denken, denen das Knäblein beigestanden hatte, und er erinnerte sich, daß es ein Büschel Lilien war, die das Kind vor seinen Blicken verborgen und ihm geholfen hatten, durch das Stadttor zu entkommen.

Er wurde immer gedankenvoller, und er zog das Schwert an sich. »Die Bienen und die Lilien haben ihm seine Wohltaten vergolten«, flüsterte er sich selber zu.

Er mußte daran denken, daß der Kleine einmal auch ihm eine Wohltat erwiesen hatte, und eine tiefe Röte stieg in sein Gesicht. »Kann ein römischer Legionär vergessen, einen empfangenen Dienst zu vergelten?« flüsterte er.

Er kämpfte einen kurzen Kampf mit sich selbst. Er dachte an Herodes und an seine eigene Lust, den jungen Friedensfürsten zu vernichten.

»Es steht mir nicht wohl an, dieses Kind zu töten, das mir das Leben gerettet hat«, sagte er schließlich.

Und er beugte sich nieder und legte sein Schwert neben das Kind, damit die Flüchtlinge beim Erwachen erführen, welcher Gefahr sie entgangen waren.

Da sah er, daß das Kind wach war. Es lag und sah

ihn mit seinen schönen Augen an, die gleich Sternen leuchteten. Und der Kriegsknecht beugte sein Knie vor dem Kinde. »Herr, du bist der Mächtige«, sagte er. »Du bist der starke Sieger. Du bist der, den die Götter lieben. Du bist der, der auf Schlangen und Skorpione treten kann.«

Er küßte seine Füße und ging dann sacht aus der Grotte, indes der Kleine dalag und ihm mit großen, erstaunten Kinderaugen nachsah.

Die Legende von der Christrose

Die Räubermutter, die in der Räuberhöhle oben im Göinger Walde hauste, hatte sich eines Tages auf einem Bettelzug in das Flachland hinunterbegeben. Der Räubervater selbst war ein friedloser Mann und durfte den Wald nicht verlassen, sondern mußte sich damit begnügen, den Wegfahrenden aufzulauern, die sich in den Wald wagten; doch zu der Zeit, als der Räubervater und die Räubermutter sich in dem Göinger Wald aufhielten, gab es im nördlichen Schonen nicht allzuviel Reisende. Wenn es sich also begab, daß der Räubervater ein paar Wochen lang Pech mit seiner Jagd hatte, dann machte sich die Räubermutter auf die Wanderschaft. Sie nahm ihre fünf Kinder mit, und jedes der Kleinen hatte zerfetzte Fellkleider und Holzschuhe und trug auf dem Rücken einen Sack, der gerade so lang war wie es selbst. Wenn die Räubermutter zu einer Haustür hereinkam, dann wagte niemand, ihr das zu verweigern, was sie verlangte; denn sie bedachte sich keinen Augenblick, in der nächsten Nacht zurückzukehren und das Haus anzuzünden, in dem man sie nicht freundlich aufgenommen hatte. Die Räubermutter und ihre Nachkommenschaft waren ärger als die Wolfsbrut, und gar mancher hatte Lust, ihnen seinen guten Speer nachzuwerfen, aber dies geschah niemals; denn man wußte, daß der Mann dort oben im Walde hauste und sich zu rächen wissen würde, wenn den Kindern oder der Alten etwas zuleide geschähe.

Wie nun die Räubermutter so von Hof zu Hof zog und bettelte, kam sie eines schönen Tages nach Öved, das zu jener Zeit ein Kloster war. Sie klingelte an der Klosterpforte und verlangte etwas zu essen, und der Türhüter ließ ein kleines Schiebfensterchen herab und reichte ihr sechs runde Brote, eines für sie und eines für jedes Kind. Aber während die Räubermutter so still vor der Klosterpforte stand, liefen ihre Kinder umher. Und nun kam eines von ihnen heran und zupfte sie am Rocke, zum Zeichen, daß es etwas gefunden hätte, was sie sich ansehen sollte, und die Räubermutter ging auch gleich mit ihm.

Das ganze Kloster war von einer hohen, starken Mauer umgeben, aber der kleine Junge hatte es zustande gebracht, ein kleines Hintertürchen zu finden, das angelehnt stand. Als die Räubermutter hinkam, stieß sie sogleich das Pförtchen auf und trat, ohne erst viel zu fragen, ein, wie es eben bei ihr der Brauch war.

Aber das Kloster Öved wurde zu jener Zeit von Abt Johannes regiert, der ein gar pflanzenkundiger Mann war. Er hatte sich hinter der Klostermauer einen kleinen Lustgarten angelegt, und in diesen drang nun die Räubermutter ein.

Im ersten Augenblick war sie so erstaunt, daß sie regungslos stehenblieb. Es war Hochsommerzeit, und der Garten des Abtes Johannes stand so voll von Blumen, daß es einem blau und rot und gelb vor den Augen flimmerte, wenn man hineinsah. Aber bald zeigte sich ein vergnügtes Lächeln auf dem Gesicht der Räubermutter, und sie begann einen schmalen Gang hinunterzugehen, der zwischen vielen kleinen Blumenbeeten durchlief.

Im Garten stand der Laienbruder, der Gärtnergehilfe war, und jätete das Unkraut aus. Er war es, der die Tür in der Mauer halb offen gelassen hatte, um Queckengras und Melde auf den Kehrichthaufen davor werfen zu können. Als er die Räubermutter mit ihren fünf Bälgern hinter sich her in den Lustgarten treten sah, stürzte er ihnen sogleich entgegen und befahl ihnen, sich zu trollen. Aber die alte Bettlerin ging leiter, als sei nichts geschehen. Sie ließ die Blicke hinauf und hinab wandern, sah bald die starren weißen Lilien an, die sich auf einem Beet ausbreiteten, und bald den Efeu, der die Klosterwand hoch emporkletterte, und bekümmerte sich nicht im geringsten um den Laienbruder.

Der Laienbruder dachte, sie hätte ihn nicht verstanden. Da wollte er sie am Arm nehmen, um sie nach dem Ausgang umzudrehen. Aber als die Räubermutter seine Absicht bemerkte, warf sie ihm einen Blick zu, vor dem er zurückprallte. Sie war unter ihrem Bettelsack mit gebeugtem Rücken gegangen, aber jetzt richtete sie sich zu ihrer vollen Höhe auf. »Ich bin die Räubermutter aus dem Göinger Wald«, sagte sie, »rühr mich nur an, wenn du es wagst.« Und es sah aus, als ob sie nach diesen Worten ebenso sicher wäre, in Frieden von dannen zu ziehen, als hätte sie verkündet, daß sie die Königin von Dänemark sei.

Aber der Laienbruder wagte dennoch, sie zu stören, obgleich er jetzt, wo er wußte, wer sie war, recht sanftmütig zu ihr sprach. – »Du mußt wissen, Räubermutter«, sagte er, »daß dies ein Mönchskloster ist und daß es keiner Frau im Lande verstattet wird, hinter diese Mauer zu kommen. Wenn du nun nicht deiner Wege gehst, dann werden die Mönche mir zürnen, weil ich vergessen habe, das Tor zu schließen, und sie werden mich vielleicht von Kloster und Garten verjagen.« Doch solche Bitten waren an die Räubermutter verschwendet. Die ging weiter durch die Rosenbeete und guckte sich den Ysop an, der mit lilafarbenen Blüten bedeckt war, und das Kaprifolium, das voll rotgelber Blumentrauben hing.

Da wußte sich der Laienbruder keinen anderen Rat, als in das Kloster zu laufen und um Hilfe zu rufen. Er kam mit zwei handfesten Mönchen zurück, und die Räubermutter sah sogleich, daß es nun Ernst wurde. Sie stellte sich breitbeinig in den Weg und begann mit gellender Stimme herauszuschreien, welche furchtbare Rache sie an dem Kloster nehmen würde, wenn sie nicht im Lustgarten bleiben dürfte, so lange sie wollte. Aber die Mönche meinten, daß sie sie nicht zu fürchten brauchten, und sie dachten nur daran, sie zu vertreiben. Da stieß die Räubermutter schrille Schreie aus, stürzte sich auf sie und kratzte und biß, und ebenso machten es alle ihre Sprosse. Die drei Männer merkten bald, daß sie ihnen überlegen war. Es blieb ihnen nichts anderes übrig, als in das Kloster zu gehen und Verstärkung zu holen. Wie sie über den Pfad liefen, der in das Kloster führte, begegneten sie dem Abt Johannes, der herbeigeeilt war, um zu sehen, was für ein Lärm das wäre, den man vom Lustgarten hörte. Da mußten sie gestehen, daß die Räubermutter aus dem Göinger Walde in das Kloster gdrungen war; sie hätten nicht vermocht, sie zu vertreiben, und wollten sich nun Entsatz schaffen. Aber Abt Johannes tadelte sie, daß sie Gewalt angewendet hätten, und verbot ihnen, um Hilfe zu rufen. Er schickte die beiden Mönche zu ihrer Arbeit zurück, und obgleich er ein alter, gebrechlicher Mann war, nahm er nur den Laienbruder mit in den Garten. Als Abt Johannes dort anlangte, ging die Räubermutter wie zuvor zwischen den Beeten umher. Und er konnte sich nicht genug über sie wundern. Er war ganz sicher, daß die Räubermutter nie zuvor in ihrem Leben einen Lustgarten erblickt hätte. Aber wie dem auch sein mochte – sie ging zwischen allen den kleinen Beeten umher, die jedes mit einer anderen Art fremder und seltsamer Blumen bepflanzt waren und betrachtete sie, als wären es alte Bekannte. Es sah aus, als hätte sie schon öfters Immergrün und Salbei und Rosmarin gesehen. Einigen lächelte sie zu, und über andere wieder schüttelte sie den Kopf.

Abt Johannes liebte seinen Garten mehr als alle andern Dinge, die irdisch und vergänglich sind. So wild und grimmig die Räubermutter auch aussah, so konnte er es doch nicht lassen, Gefallen daran zu finden, daß sie mit drei Mönchen gekämpft hatte, um ihn in Ruhe zu betrachten. Er ging auf sie zu und fragte sie freundlich, ob ihr der Garten gefalle. Die Räubermutter wendete sich heftig gegen Abt Johannes, denn sie war nur auf Hinterhalt und Überfall gefaßt, aber als sie seine weißen Haare und seinen gebeugten Rücken sah, da antwortete sie ganz freundlich: »Als ich ihn zuerst erblickte, da schien es mir, als ob ich nie etwas Schöneres gesehen hätte, aber jetzt merke ich, daß er sich mit einem andern nicht messen kann, den ich kenne.«

Abt Johannes hatte sicherlich eine andere Antwort erwartet. Als er hörte, daß die Räubermutter einen Lustgarten kannte, der schöner wäre als der seine, bedeckten sich seine runzeligen Wangen mit einer schwachen Röte.

Der Gärtnergehilfe, der danebenstand, begann auch sogleich die Räubermutter zurechtzuweisen. – »Dies ist Abt Johannes, Räubermutter«, sagte er, »der selber mit großem Fleiß und Mühe von fern und nah die Blumen für seinen Garten gesammelt hat. Wir wissen alle, daß es im ganzen schonischen Land keinen reicheren Lustgarten gibt, und es steht dir, die du das ganze liebe Jahr im wilden Walde hausest, wahrlich übel an, sein Werk meistern zu wollen.«

»Ich will niemand meistern, weder ihn noch dich«, sagte die Räubermutter, »ich sage nur, wenn ihr den Lustgarten sehen könntet, an den ich denke, dann würdet ihr jegliche Blume, die hier steht, ausraufen und sie als Unkraut fortwerfen.«

Aber der Gärtnergehilfe war kaum weniger stolz auf die Blumen als Abt Johannes selbst, und als er diese Worte hörte, begann er höhnisch zu lachen. – »Ich kann mir wohl denken, daß du nur so schwätzest, Räubermutter, um uns zu reizen«, sagte er; »das wird mir ein schöner Garten sein, den du dir unter Tannen und Wacholderbüschen im Göinger Walde eingerichtet hast! Ich wollte meine Seele verschwören, daß du überhaupt noch nie hinter einer Gartenmauer gewesen bist.«

Die Räubermutter wurde rot vor Ärger, daß man ihr also mißtraute, und sie rief: »Es mag wohl sein, daß ich niemals vor heute hinter einer Gartenmauer gestanden habe, aber ihr Mönche, die ihr heilige Männer seid, solltet wohl wissen, daß der große Göinger Wald sich in jeder Weihnachtsnacht in einen Lustgarten verwandelt, um die Geburtsstunde unseres Herrn und Heilandes zu feiern. Wir, die wir im Walde leben, haben dies nun jedes Jahr geschehen sehen, und in diesem Lustgarten habe ich so herrliche Blumen geschaut, daß ich es nicht wagte, die Hand zu erheben, um sie zu brechen.«

Da lachte der Laienbruder noch lauter und stärker: »Es ist gar leicht für dich, dazustehen und mit derlei zu prahlen, was kein Mensch sehen kann. Aber ich kann nicht glauben, es könnte etwas andres als Lüge sein, daß der Wald Christi Geburtsstunde an einer solchen Stelle feiern sollte, wo so unheilige Leute wohnen wie du und der Räubervater.« – »Und das, was ich sage, ist doch ebenso wahr«, entgegnete die Räubermutter, »wie daß du es nicht wagen würdest, in einer Weihnachtsnacht in den Wald zu kommen, um es zu sehen.« Der Laienbruder wollte ihr von neuem antworten, aber Abt Johannes bedeutete ihm durch ein Zeichen, stillzuschweigen. Denn Abt Johannes hatte schon in seiner Kindheit erzählen hören, daß der Wald sich in der Weihnachtszeit in ein Feierkleid hülle. Er hatte sich oft danach gesehnt, es zu sehen, aber es war ihm niemals gelungen. Nun begann er die Räubermutter gar eifrig zu bitten und anzurufen, sie möge ihn um die Weihnachtszeit in die Räuberhöhle kommen lassen. Wenn sie nur eins ihrer Kinder schickte, ihm den Weg zu zeigen, dann wolle er allein hinaufreiten, und er würde sie nie und nimmer verraten, sondern im Gegenteil so reich belohnen, wie es nur in seiner Macht stünde.

Die Räubermutter weigerte sich zuerst, denn sie dachte an den Räubervater und an die Gefahr, der sie ihn preisgab, wenn sie Abt Johannes in ihre Höhle kommen ließe, aber dann wurde doch der Wunsch, ihm zu zeigen, daß der Lustgarten, den sie kannte, schöner sei als der seinige, in ihr übermächtig, und sie gab nach.

»Aber mehr als einen Begleiter darfst du nicht mitnehmen«, sagte sie. »Und du darfst uns keinen Hinterhalt und keine Falle stellen, so gewiß du ein heiliger Mann bist.«

Dies versprach der Abt Johannes, und damit ging die Räubermutter.

Aber Abt Johannes befahl dem Laienbruder, niemandem zu verraten, was nun vereinbart worden war. Er fürchtete, daß seine Mönche, wenn sie von seinem Vorhaben etwas erführen, einem alten Mann, wie er es war, nicht gestatten würden, hinauf in die Räuberhöhle zu ziehen.

Auch er selbst wollte den Plan keiner Menschenseele verraten. Aber da begab es sich, daß Erzbischof Absalon aus Lund gereist kam und eine Nacht in Öved verbrachte. Als nun Abt Johannes ihm seinen Garten zeigte, fiel ihm der Besuch der Räubermutter ein; und der Laienbruder, der dort umherging und arbeitete, hörte, wie der Abt dem Bischof vom Räubervater erzählte, der nun so viele Jahre vogelfrei im Walde gehaust hätte, und um einen Freibrief für ihn bat, damit er wieder ein ehrliches Leben unter anderen Menschen führen könnte. – »Wie es jetzt geht«, sagte Abt Johannes, »wachsen seine Kinder zu ärgeren Missetätern heran, als er selbst einer ist, und Ihr werdet es dort oben im Walde bald mit einer ganzen Räuberbande zu tun bekommen.«

Doch Erzbischof Absalon erwiderte, daß er den bösen Räuber nicht auf die ehrlichen Leute im Lande loslassen wolle. Es sei für alle am besten, wenn er dort oben in seinem Walde bleibe.

Da wurde Abt Johannes eifrig und begann, dem Bischof vom Göinger Wald zu erzählen, der sich jedes Jahr rings um die Räuberhöhle in Weihnachtsschmuck kleide. »Wenn diese Räuber nicht schlimmer sind, als daß Gottes Herrlichkeit sich ihnen zeigen soll«, sagte er, »so können sie wohl auch nicht zu schlecht sein, um die Gnade der Menschen zu erfahren.«

Aber der Erzbischof wußte Abt Johannes zu antworten. – »Soviel kann ich dir versprechen, Abt Johannes«, sagte er und lächelte, »an welchem Tage immer du mir eine Blume aus dem Weihnachtsgarten im Göinger Walde schickst, will ich dir einen Freibrief für alle Friedlosen geben, für die du mich bitten magst.«

Der Laienbruder sah, daß Bischof Absalon ebensowenig wie er selbst an die Geschichte der Räubermutter glaubte, aber Abt Johannes merkte nichts davon, sondern dankte Absalon für sein gütiges Versprechen und sagte, die Blume wolle er ihm schon schicken.

Abt Johannes setzte seinen Willen durch, und am nächsten Weihnachtsabend saß er nicht daheim in Öved, sondern war auf dem Wege nach Göinge. Einer der wilden Jungen der Räubermutter lief vor ihm her, und zum Geleit hatte er den Knecht, der im Lustgarten mit der Räubermutter gesprochen hatte. Abt Johannes hatte sich den ganzen Herbst über schon sehr danach gesehnt, diese Fahrt anzutreten, und freute sich nun sehr, daß sie zustande gekommen war. Aber ganz anders stand es mit dem Laienbruder, der ihm folgte. Er hatte Abt Johannes von Herzen lieb und würde es nicht gern einem andern überlassen haben, ihn zu begleiten und über ihn zu wachen, aber er glaubte keineswegs, daß sie einen Weihnachtsgarten zu Gesicht bekommen würden; er dachte nichts anderes, als daß das Ganze eine Falle sei, die die Räubermutter mit großer Schlauheit Abt Johannes gelegt hätte, damit er ihrem Mann in die Hände falle.

Während Abt Johannes nordwärts zur Waldgegend ritt, sah er, wie überall Anstalten getroffen wurden, das Weihnachtsfest zu feiern. In jedem Bauernhof machte man Feuer in der Badehütte, damit sie zum nachmittägigen Bade warm sei. Aus den Vorratskammern wurden große Mengen von Fleisch und Brot in die Hütten getragen, und aus den Tennen kamen die Burschen mit großen Strohgarben, die über den Boden gestreut werden sollten.

Als er an dem kleinen Dorfkirchlein vorüberritt, sah er, wie der Priester und seine Küster vollauf damit beschäftigt waren, sie mit den besten Geweben zu behängen, die sie nur hatten auftreiben können; und als er zu dem Wege kam, der nach dem Kloster Bosjö führte, sah er die Armen des Klosters mit großen Brotlaiben und langen Kerzen daherwandern, die sie an der Klosterpforte bekommen hatten.

Als Abt Johannes alle diese Weihnachtszurüstungen sah, da spornte er zur Eile an. Denn er dachte daran, daß seiner ein größeres Fest harre, als irgendeiner der anderen feiern sollte.

Doch der Knecht jammerte und klagte, als er sah, wie sie sich auch in der kleinsten Hütte anschickten, das Weihnachtsfest zu feiern. Und er wurde immer ängstlicher und bat und beschwor Abt Johannes, umzukehren und sich nicht freiwillig in die Hände der Räuber zu geben.

Aber Abt Johannes ritt weiter, ohne sich um seine Klagen zu kümmern. Er hatte bald das Flachland hinter sich und kam nun hinauf in die einsamen, wilden Wälder. Hier wurde der Weg schlechter. Er war eigentlich nur noch ein steiniger, nadelbestreuter Pfad, und nicht Brücke und Steg halfen ihnen über Flüsse und Bäche. Je länger sie ritten, desto kälter wurde es, und tief drinnen im Walde war der Boden mit Schnee bedeckt.

Es war ein langer und beschwerlicher Ritt. Sie schnitten auf steilen und schlüpfrigen Seitenpfaden den Weg ab und zogen über Moor und Sumpf, drangen durch Windbrüche und Dickicht. Gerade als der Tag zur Neige ging, führte der Räuberjunge sie über eine Waldwiese, die von hohen Bäumen umgeben war, von nackten Laubbäumen und von grünen Nadelbäumen. Hinter der Wiese erhob sich eine Felswand, und in der

Felswand sahen sie eine Tür aus rohen Planken. Nun merkte Abt Johannes, daß sie am Ziel waren, und er stieg vom Pferde. Das Kind öffnete ihm die schwere Tür, und er sah in eine ärmliche Berggrotte mit nackten Steinwänden. Die Räubermutter saß an einem Blockfeuer, das mitten auf dem Boden brannte, an den Wänden standen Lagerstätten aus Tannenreisig mit Moos, und auf einer von ihnen lag der Räubervater und schlief. – »Kommt herein, ihr dort draußen!« rief die Räubermutter, ohne aufzusehen. »Und nehmt die Pferde mit, damit sie nicht draußen in der Nachtkälte zugrunde gehen!«

Abt Johannes trat nun kühnlich in die Grotte, und der Laienbruder folgte ihm. Da sah es gar ärmlich und dürftig aus, und nichts war geschehen, um das Weihnachtsfest zu feiern. Die Räubermutter hatte werder gebraut noch gebacken, sie hatte weder gefegt noch gescheuert. Ihre Kinder lagen auf der Erde rings um einen Kessel, aus dem sie aßen; aber darin war nichts Besseres als dünne Wassergrütze.

Doch die Räubermutter war ebenso stolz und selbstbewußt wie nur irgendeine wohlbestallte Bauersfrau. »Setze dich nun hier ans Feuer, Abt Johannes, und wärme dich«, sagte sie, »und wenn du Wegzehrung mitgebracht hast, so iß, denn was wir hier im Walde kochen, wird dir wohl nicht munden. Und wenn du vom Ritt müde bist, kannst du dich auf einer dieser Lagerstätten ausstrecken und ruhen. Du brauchst keine Angst zu haben, daß du dich verschlafen könntest. Ich sitze hier am Feuer und wache, und ich will dich schon wecken, damit du zu sehen bekommst, wonach du ausgeritten bist.«

Abt Johannes gehorchte der Räubermutter in allen Stücken und nahm seinen Schnappsack hervor. Aber er war nach dem Ritt so müde, daß er kaum zu essen vermochte; und sowie er sich auf dem Lager ausgestreckt hatte, schlummerte er ein.

Dem Laienbruder ward auch eine Ruhestatt angewiesen, aber er wagte nicht zu schlafen, weil er ein wachsames Auge auf den Räubervater haben wollte, damit dieser nicht etwa aufstünde und Abt Johannes fesselte. Allmählich jedoch erlangte die Müdigkeit auch über ihn solche Gewalt, daß er einschlummerte. Als er erwachte, sah er, daß Abt Johannes sein Lager verlassen hatte und jetzt am Feuer saß und mit der Räubermutter Zwiegespräch pflog. Der Räubervater saß daneben. Er war ein hochaufgeschossener magerer Mann und sah schwerfällig und trübsinnig aus. Er kehrte Abt Johannes den Rücken, und es sah aus, als wolle er nicht zeigen, daß er dem Gespräch zuhörte. Abt Johannes erzählte der Räubermutter von allen den Weihnachtszurüstungen, die er unterwegs gesehen hatte, und er erinnerte sie an die Weihnachtsfeste und die fröhlichen Weihnachtsspiele, die wohl auch sie in ihrer Jugend mitgemacht hätte, als sie noch in Frieden unter den Menschen lebte. – »Es ist ein Jammer, daß eure Kinder nie verkleidet auf der Dorfstraße umhertollen oder im Weihnachtsstroh spielen dürfen«, sagte Abt Johannes. Die Räubermutter hatte ihm zuerst kurz und barsch geantwortet, aber so allmählich wurde sie kleinlauter und lauschte eifrig. Plötzlich wendete sich der Räubervater gegen den Abt Johannes und hielt ihm die geballte Faust vor das Gesicht. –

»Du elender Mönch, bist du hierhergekommen, um Weib und Kinder von mir fortzulocken? Weißt du nicht, daß ich ein friedloser Mann bin und diesen Wald nicht verlassen darf?« Abt Johannes sah ihm unerschrocken gerade in die Augen. – »Mein Wille ist es, dir einen Freibrief vom Erzbischof zu verschaffen«, sagte er. Kaum hatte er dies gesagt, als der Räubervater und die Räubermutter ein schallendes Gelächter anschlugen. Sie wußten nur zu wohl, welche Gnade ein Waldräuber vom Bischof Absalon zu erwarten hatte. –

»Ja, wenn ich einen Freibrief von Absalon bekomme«, sagte der Räubervater, »dann gelobe ich dir, nie mehr auch nur soviel wie eine Gans zu stehlen.«

Den Gärtnergehilfen verdroß es sehr, daß das Räuberpack sich vermaß, Abt Johannes auszulachen; aber dieser selbst schien es ganz zufrieden zu sein. Der Knecht hatte ihn kaum je friedvoller und milder unter seinen Mönchen auf Öved sitzen sehen, als er ihn jetzt unter den wilden Räuberleuten sah.

Aber plötzlich sprang die Räubermutter auf.

»Du sitzest hier und plauderst, Abt Johannes«, sagte sie, »und wir vergessen ganz, nach dem Wald zu sehen. Jetzt höre ich bis in unsere Höhle, wie die Weihnachtsglocken läuten.«

Kaum war dies gesagt, als alle aufsprangen und hinausliefen; aber im Walde war noch dunkle Nacht und grimmiger Winter. Das einzige, was man vernahm, war ferner Glockenklang, der von einem leisen Südwind hergetragen wurde.

Wie soll dieser Glockenklang den toten Wald wekken können! dachte Abt Johannes. Denn jetzt, wo er mitten im Waldesdunkel stand, schien es ihm viel unmöglicher als früher, daß hier ein Lustgarten erstehen könnte.

Aber als die Glocke ein paar Augenblicke geläutet hatte, zuckte plötzlich ein Lichtstrahl durch den Wald. Gleich darauf wurde es ebenso dunkel wie zuvor, aber dann kam das Licht wieder. Es kämpfte sich wie ein leuchtender Nebel zwischen den dunklen Bäumen durch. Und soviel vermochte es, daß die Dunkelheit in schwache Morgendämmerung überging.

Da sah Abt Johannes, wie der Schnee vom Boden verschwand, als hätte jemand einen Teppich fortgezogen; und die Erde begann zu grünen. Das Farnkraut streckte seine Triebe hervor, eingerollt wie Bischofsstäbe. Die Erika, die auf der Steinhalde wuchs, und der Porsch, der im Moor wurzelte, kleideten sich rasch in frisches Grün. Die Mooshügelchen schwollen und hoben sich, und die Frühlingsblumen schossen mit schwellenden Knospen auf, die schon einen Schimmer von Farbe hatten.

Abt Johannes klopfte das Herz heftig, als er die ersten Zeichen sah, daß der Wald erwachen wollte. Soll nun ich alter Mann ein solches Wunder schauen! dachte er. Und die Tränen wollten ihm in die Augen treten.

Nun wurde es wieder so dämmerig, daß er fürchtete, die nächtliche Finsternis könnte aufs neue Macht erlangen. Aber sogleich kam eine neue Lichtwelle hereingebrochen. Die brachte das Murmeln von Bächlein und das Rauschen der eisbefreiten Bergströme mit. Da schlugen die Blätter der Laubbäume so rasch aus, als wären grüne Schmetterlinge herangeflattert und hätten sich auf den Zweigen niedergelassen. Und nicht nur die Bäume und Pflanzen erwachten. Die Kreuzschnäbel begann über die Zweige zu hüpfen. Die Spechte hämmerten an die Stämme, daß die Holzsplitter nur so flogen. Ein Zug Stare, der das Land hinanflog, ließ sich in einem Tannenwipfel nieder, um zu ruhen. Es waren prächtige Stare. Die Spitze jedes kleinen Federchens leuchtete glänzend rot, und wenn die Vögel sich bewegten, glitzerten sie wie Edelsteine. Wieder wurde es für ein Weilchen still, aber bald begann es von neuem. Ein starker, warmer Südwind blies und säte über die Waldwiese alle die Samen aus südlichen Ländern, die von Vögeln und Schiffen und Winden in das Land gebracht worden waren und auf dem kargen Boden nirgend anders blühen konnten: sie schlugen Wurzel und schossen Triebe in dem Augenblick, da sie den Boden berührten. Als die nächste Welle kam, fingen Blaubeeren und Preiselbeeren zu blühen an. Wildgänse und Kraniche riefen hoch oben in der Luft, die Buchfinken bauten ihr Nest, und die Eichhörnchen begannen in den Baumzweigen zu spielen.

Alles ging nun so rasch, daß Abt Johannes gar nicht Zeit hatte zu überlegen, welches Wunder gerade geschah. Er hatte nur Zeit, Augen und Ohren weit aufzumachen. Die nächste Welle, die herangebraust kam, brachte den Duft frisch gepflügter Felder. Aus weiter Ferne hörte man, wie die Hirtinnen die Kühe lockten und wie die Glöckchen der Lämmer klingelten. Tannen und Fichten bekleideten sich so dicht mit kleinen roten Zapfen, daß die Bäume wie Seide leuchteten. Der Wacholder trug Beeren, die jeden Augenblick die Farbe wechselten. Und die Waldblumen bedeckten den Boden, daß er davon ganz weiß und blau und gelb war.

Abt Johannes beugte sich zur Erde und brach eine Erdbeerblüte. Und während er sich aufrichtete, reifte die Beere. Die Füchsin kam aus ihrer Höhle mit einer großen Schar von schwarzbeinigen Jungen hinter sich her. Sie ging auf die Räubermutter zu und rieb sich an ihrem Rock, und die Räubermutter beugte sich zu ihr hinunter und lobte ihre Jungen. Der Uhu, der eben seine nächtliche Jagd begonnen hatte, kehrte wieder nach Hause zurück, ganz erstaunt über das Licht, suchte seine Schlucht auf und legte sich schlafen. Der Kuckuck rief, und das Kuckucksweibchen umkreiste mit einem Ei im Schnabel die Nester der Singvögel.

Die Kinder der Räubermutter stießen zwitschernde Freudenschreie aus. Sie aßen sich an den Waldbeeren satt, die groß wie Tannenzapfen an den Sträuchern hingen. Eines von ihnen spielte mit einer Schar junger Hasen, ein anderes lief mit den jungen Krähen um die Wette, die aus dem Nest gehüpft waren, ehe sie noch flügge waren, das dritte hob die Natter vom Boden und wickelte sie sich um Hals und Arm. Der Räubervater stand draußen auf dem Moor und aß Brombeeren. Als er aufsah, ging ein großes schwarzes Tier neben ihm einher. Da brach der Räubervater einen Weidenzweig und schlug dem Bären auf die Schnauze. – »Bleib du, wo du hingehörst«, sagte er. »Das ist mein Platz.« Da machte der Bär kehrt und trabte nach seiner Seite fort.

Immer wieder kamen neue Wellen von Wärme und

Licht, und jetzt brachten sie Entengeschnatter vom Waldmoor her. Gelber Blütenstaub von den Feldern schwebte in der Luft. Schmetterlinge kamen, so groß, daß sie wie fliegende Lilien aussahen. Das Nest der Bienen in einer hohlen Eiche war schon so voll von Honig, daß er am Stamm hinuntertropfte. Jetzt begannen auch die Blumen sich zu entfalten, deren Samen aus fremden Ländern gekommen waren. Die Rosenbüsche kletterten um die Wette mit den Brombeeren die Felswand hinan, und oben auf der Waldwiese sprossen Blumen, so groß wie ein Menschengesicht. Abt Johannes dachte an die Blume, die er für Bischof Absalon pflücken wollte, aber eine Blume wuchs herrlicher heran als die andere, und er wollte die allerschönste wählen.

Welle um Welle kam, und jetzt war die Luft so von Licht durchtränkt, daß sie glitzerte. Und alle Lust und aller Glanz und alles Glück des Sommers lächelte rings um Abt Johannes. Es war ihm, als könnte die Erde keine größere Freude bringen als die, die ihn über den plötzlichen Anbruch der schönen Jahreszeit erfüllte, und er sagte zu sich selbst: »Jetzt weiß ich nicht, was die nächste Welle, die kommt, noch an Herrlichkeit bringen kann.« Aber das Licht strömte noch immer zu, und jetzt deuchte es Abt Johannes, daß es etwas aus einer unendlichen Ferne bringe. Er fühlte, wie überirdische Luft ihn umwehte, und er begann zitternd zu erwarten, es würde nun, nachdem die Freude der Erde gekommen war, des Himmels Herrlichkeit anbrechen. Abt Johannes merkte, wie alles still wurde: die Vögel verstummten, die jungen Füchslein spielten nicht mehr, und die Blumen ließen ab zu wachsen. Die Seligkeit, die nahte, war von der Art, daß einem das Herz stillstehen wollte; das Auge weinte, ohne daß es darum wußte, die Seele sehnte sich, in die Ewigkeit hinüberzufliegen. Aus weiter, weiter Ferne hörte man leise Harfentöne und überirdischen Gesang. Abt Johannes faltete die Hände und sank in die Knie. Sein Gesicht strahlte von Seligkeit. Nie hatte er erwartet, daß es ihm beschieden sein würde, schon in diesem Leben des Himmels Wonne zu kosten und die Engel Weihnachtslieder singen zu hören.

Aber neben Abt Johannes stand der Gärtnergehilfe, der ihn begleitet hatte. Er sah den Räuberwald voll Grün und Blumen, und er wurde zornig in seinem Herzen, weil er sah, daß er einen solchen Lustgarten nie und nimmer schaffen könnte, wie er sich auch mit Hacke und Spaten mühte. Und er vermochte nicht zu begreifen, warum Gott solche Herrlichkeit an das Räubergesindel verschwende, das seine Gebote mißachtete.

Gar dunkle Gedanken zogen durch seinen Kopf. Das kann kein rechtes Wunder sein, dachte er, das sich bösen Missetätern zeigt. Das kann nicht von Gott stammen, das ist aus Zauberei entsprungen. Es ist von des Teufels List hierhergesandt. Es ist die Macht des bösen Feindes, die uns verhext und uns zwingt, das zu sehen, was nicht ist.

In der Ferne hörte man Engelsharfen klingen, und Engelsgesang ertönte, aber der Laienbruder glaubte, daß es die böse Macht der Unholde sei, die nahe. »Sie wollen uns locken und verführen«, seufzte er, »nie kommen wir mit heiler Haut davon, wir werden betört und dem Abgrund verkauft.«

Jetzt waren die Engelscharen so nahe, daß Abt Johannes ihre Lichtschatten zwischen den Stämmen des Waldes schimmern sah. Und der Laienbruder sah dasselbe wie er, aber er dachte nur, welche Arglist darin läge, daß die bösen Geister ihre Künste gerade in der Nacht betrieben, in der der Heiland geboren war. Dies geschah ja nur, um die Christen um so sicherer ins Verderben zu stürzen.

Die ganze Zeit über hatten Vögel Abt Johannes' Haupt umschwärmt, und er hatte sie zwischen seine Hände nehmen können. Aber vor dem Laienbruder hatten sich die Tiere gefürchtet: kein Vogel hatte sich auf seine Schulter gesetzt, und keine Schlange spielte zu seinen Füßen. Nun war da eine kleine Waldtaube. Als sie merkte, daß die Engel nahe waren, nahm sie ihren ganzen Mut zusammen und flog dem Laienbruder auf die Schulter und schmiegte das Köpfchen an seine Wange. Da vermeinte er, daß der Zauber ihm nun völlig auf den Leib rückte, ihn in Versuchung zu führen und zu verderben. Er schlug mit der Hand nach der Waldtaube und rief mit lauter Stimme, so daß es durch den Wald hallte:

»Zeuch du zur Hölle, von wannen du kommen bist!« Gerade da waren die Engel so nah, daß Abt Johannes den Hauch ihrer mächtigen Fittiche fühlte, und er hatte sich zur Erde geneigt, sie zu grüßen. Aber als die Worte des Laienbruders ertönten, da verstummte urplötzlich ihr Gesang, und die heiligen Gäste wendeten sich zur Flucht. Und ebenso floh das Licht und die milde Wärme in unsäglichem Schreck vor der Kälte und Finsternis in einem Menschenherzen. Die Dunkelheit sank auf die Erde herab wie eine Decke, die Kälte kam, die Pflanzen auf dem Boden schrumpften zusammen, die Tiere enteilten, das Rauschen der Wasserfälle verstummte, das Laub fiel von den Bäumen, prasselnd wie Regen.

Abt Johannes fühlte, wie sein Herz, das eben vor Seligkeit gezittert hatte, sich jetzt in unsäglichem Schmerz zusammenkrampfte. Niemals kann ich dies überleben, dachte er, daß die Engel des Himmels mir so nahe waren und vertrieben wurden, daß sie mir Weihnachtslieder singen wollten und in die Flucht gejagt wurden.

In demselben Augenblick erinnerte er sich an die Blume, die er Bischof Absalon versprochen hatte, und er beugte sich zur Erde und tastete unter dem Moos und Laub, um noch im letzten Augenblick etwas zu finden. Aber er fühlte, wie die Erde unter seinen Fingern gefror und wie der weiße Schnee über den Boden geglitten kam.

Da war sein Herzleid noch größer. Er konnte sich nicht erheben, sondern mußte auf dem Boden liegenbleiben.

Aber als die Räubersleute und der Laienbruder sich in der tiefen Dunkelheit zur Räuberhöhle zurückgetappt hatten, da vermißten sie Abt Johannes. Sie nahmen glühende Scheite aus dem Feuer und zogen aus, ihn zu suchen, und sie fanden ihn tot auf der Schneedecke liegen.

Und der Laienbruder hub an zu weinen und zu klagen, denn er erkannte, daß er es war, der Abt Johannes getötet hatte, weil er ihm den Freudenbecher entrissen, nach dem er gelechzt hatte.

Aber als Abt Johannes nach Öved hinuntergebracht worden war, sahen die, die sich des Toten annahmen, daß er seine rechte Hand hart um etwas geschlossen hielt, was er in seiner Todesstunde umklammert haben mußte. Und als sie die Hand endlich öffnen konnten, fanden sie, daß, was er mit solcher Stärke festhielt, ein paar weiße Wurzelknollen waren, die er aus Moos und Laub hervorgerissen hatte. Und als der Laienbruder, der Abt Johannes geleitet hatte, diese Wurzeln sah, nahm er sie und pflanzte sie in des Abtes Garten in die Erde.

Er pflegte sie und wartete das ganze Jahr, daß eine Blume daraus erblühe, doch er wartete vergebens den ganzen Frühling und Sommer und Herbst. Als endlich der Winter anbrach und alle Blätter und Blumen tot waren, hörte er auf zu warten. Als aber der Weihnachtsabend kam, da überkam ihn die Erinnerung an Abt Johannes so mächtig, daß er in den Lustgarten hinausging, seiner zu gedenken. Und siehe, wie er nun an der Stelle vorbeikam, wo er die kahlen Wurzelknollen eingepflanzt hatte, da sah er, daß üppige grüne Stengel daraus emporgesproßt waren, die schöne Blumen mit silberweißen Blüten trugen. Da rief er alle Mönche von Öved zusammen; und als sie sahen, daß diese Pflanze am Weihnachtsabend blühte, wo alle anderen Blumen tot waren, erkannten sie, daß sie wirklich von Abt Johannes aus dem Weihnachtslustgarten im Göinger Wald gepflückt war. Aber der Laienbruder sagte den Mönchen, nun ein so großes Wunder geschehen sei, sollten sie einige von den Blumen dem Bischof Absalon schicken.

Als nun der Laienbruder vor Bischof Absalon hintrat, reichte er ihm die Blumen und sagte: »Dies schickt dir Abt Johannes. Es sind die Blumen, die er dir aus dem Weihnachtslustgarten im Göinger Walde zu pflücken versprochen hat.«

Und als Bischof Absalon die Blumen sah, die in dunkler Winternacht der Erde entsprossen waren, und als er die Worte hörte, wurde er so bleich, als wäre er einem Toten begegnet. Eine Weile saß er schweigend da, dann sagte er: »Abt Johannes hat sein Wort gut gehalten: so will auch ich das meine halten.« Und er ließ einen Freibrief für den wilden Räuber ausstellen, der von Jugend an friedlos im Walde gelebt hatte.

Er übergab dem Laienbruder den Brief, und dieser zog damit von dannen, hinauf in den Wald und suchte den Weg zur Räuberhöhle. Als er am Weihnachtstage dort eintrat, da eilte ihm der Räuber mit erhobener Axt entgegen.

»Ich will euch Mönche niederschlagen, so viel euer auch sind!« rief er. »Sicherlich hat sich um euretwillen der Göinger Wald nicht in sein Weihnachtskleid gehüllt.«

»Es ist einzig und allein meine Schuld«, sagte der Laienbruder, »und ich will gerne dafür sterben. Aber zuerst muß ich dir eine Botschaft von Abt Johannes bringen.« Und er zog den Brief des Bischofs heraus und verkündete ihm, daß er nicht mehr vogelfrei sei, und zeigte ihm das Siegel Absalons, das an dem Pergamente hing.

»Fortab sollst du mit deinen Kindern im Weihnachtsstroh spielen, und ihr sollt das Christfest unter den Menschen feiern, wie es der Wunsch des Abtes Johannes war«, sagte er.

Da blieb der Räubervater stumm und bleich stehen, aber die Räubermutter sagte in seinem Namen: »Abt Johannes hat sein Wort getreulich gehalten, so wird auch der Räubervater das seine halten.«

Doch als der Räubervater und die Räubermutter aus der Räuberhöhle fortzogen, da zog der Laienbruder hinein und hauste dort einsam im Walde unter unablässigem Gebet, daß sein hartes Herz ihm verziehen werde.

Und niemand darf ein strenges Wort über einen sagen, der bereut und sich bekehrt hat, wohl aber kann man wünschen, daß seine bösen Worte ungesagt geblieben wären, denn nie mehr hat der Göinger Wald die Geburtsstunde des Heilandes gefeiert, und von seiner ganzen Herrlichkeit lebt nur noch die Pflanze, die Abt Johannes dereinst gepflückt hat.

Man hat sie Christrose genannt, und jedes Jahr läßt sie ihre weißen Blüten und ihre grünen Stengel um die Weihnachtszeit aus dem Erdreich sprießen, als könnte sie nie und nimmer vergessen, daß sie einmal in dem großen Weihnachtslustgarten gewachsen ist.

Madonna mit Kind auf einer Wiese (Madonna del prato, 1505)
London, National Gallery

Madonna mit Kind (Paladi San Giobbe, 1487)
Venedig, Gallerie dell' Accademia

Der Stein im See

Es war einmal im siebzehnten Jahrhundert ein armer Geistlicher, der auf der Kanzel der Broer Kirche in Värmland stand und seine Predigt las. Die Bankreihen unter ihm waren voll von Leuten, die ganz stumm und andächtig dasaßen, die Frühlingssonne schien durch die kleinen Fensterscheiben und verjagte die Winterkälte aus dem ungeheizten Gotteshaus, der Küster stand Wache, um einen jeden zu wecken, der es sich etwa einfallen lassen sollte, einzuschlummern, alles ging, wie es sollte, und dem Prediger war froh ums Herz wie dem Sämann, wenn er gute Saat in wohlgepflügte Erde streut.

Der Prediger war groß und ungeschlacht, mit starker Stimme und gewaltigen Fäusten, ein ganzer Kerl. Er war so dunkel, daß, wer ihn sah, ohne zu wissen, wer er war, beinahe vor ihm erschrecken konnte. Das schwarze Haar fiel ihm nach Bauernart bis auf die Schultern und hing tief in die Stirn. Die Augenbrauen zogen sich grob wie Stricke über die strengen Augen, und kaum wurde die Haut der Wangen ein bißchen lichter, fing schon der buschige schwarze Bart an und verdeckte den unteren Teil des Gesichts.

Als der Geistliche ungefähr zur Mitte seiner Predigt gekommen war, hörte er vor der Kirche Pferdegetrappel und laute Menschenstimmen. »Da sind welche, die zum Gottesdienst zu spät kommen. Wenn sie doch den Verstand hätten, draußen zu bleiben, bis die Predigt aus ist«, dachte er. »Wenn sie jetzt hereinkommen, so stören sie doch nur, und sie haben ja auch keine Erbauung davon, eine halbe Predigt zu hören.« Aber es ging nicht so, wie der Geistliche wünschte. Die Neuankömmlinge kamen vielmehr gleich darauf über den Steinboden des Wappenhauses getrappelt, geradewegs auf die Kirchentüre zu. Sie gingen schwer, und sie sprachen laut. Es sah aus, als wollten sie so viel Lärm machen, als ihnen nur möglich war.

Obgleich er ruhig weitersprach, merkte der Prediger doch, daß dieser und jener unter seinen Zuhörern schon aus seiner Andacht gerissen war und den Kopf zur Türe drehte. Er wünschte inbrünstig, daß die Kommenden sich doch wenigstens auf einer der hintersten Bänke niederlassen und nicht in die Nähe der Kanzel vordringen möchten.

Aber auch diese Hoffnung erfüllte sich nicht. Die Kirchentüren wurden mit Lärm und Getöse aufgerissen, und den großen Gang herauf kam ein Zug von gut zwanzig Menschen. Nach all dem Lärm, den sie gemacht hatten, hätte man eine Schar betrunkener Kriegsknechte erwarten können, doch nein, es war eine hochgewachsene junge Bauerstochter, die an der Spitze des Zuges ging, und lauter friedliche Bauersleute folgten ihr nach. Sie war blond und schön, trug pelzverbrämte Kleider aus weißem Fries und hatte so viel Silbergeschmeide um Hals und Gürtel, daß es wohl seine zwölf, dreizehn Pfund wiegen mochte. Die hinterher kamen, waren alle dunkel gekleidet. Es waren Alte und Junge darunter, Mannsbilder und Weibsleute. Der Geistliche sah, daß es Herrschaft und Gesinde eines großen Bauernhofes sein mußten, die da zur Kirche gekommen waren.

Es fiel dem Geistlichen schwer, in seiner Predigt fortzufahren, denn jetzt hatte die ganze Gemeinde ihre Gedanken von dem Gottesdienst abgewandt und starrte nur immerzu die Neuangekommenen an. Und das war auch nicht zu verwundern, denn sie betrugen sich nicht so, wie sie sollten, wenn sie in ein Gotteshaus traten. Sie verhielten sich wohl jetzt, nachdem sie unter die Kirchenwölbung getreten waren, schweigend, aber gerade als sie an der Kanzel vorbeigehen wollten, blieb die junge stattliche Bauerstochter stehen und fing an, den Geistlichen anzugaffen, als hätte sie nie seinesgleichen gesehen. Sie machte die anderen auf ihn aufmerksam, und nun blieben sie allesamt stehen und betrachteten ihn mit erstaunten Gebärden, ganz als wäre er ein wunderliches Tier in einer Jahrmarktbude.

Der Prediger war sich wohl bewußt, daß er ein geringer Mann war. Er war nicht Propst, er war nicht Pastor, er war nur ein armer Hilfsgeistlicher, der von Kirchspiel zu Kirchspiel geschickt wurde. Er war an Demütigungen und Verachtung gewöhnt, aber dieses Angaffen war doch etwas, was er nicht dulden zu müssen glaubte. Hier stand er als ein Verkünder von Gottes Wort, und hier durfte ihm niemand Mißachtung zeigen. Die grobe Faust erhob sich und fiel mit solcher Wucht auf die Kanzel nieder, daß es in der ganzen Kirche widerhallte.

Er wollte es damit nicht genug sein lassen. Dem Faustschlag sollten auch noch ein paar strenge Worte an die Friedensstörer folgen, aber dazu kam er nicht. Er sah noch einmal in das trotzige Gesicht der Bauerstochter, bevor er zu reden anfing, und dann wurde nichts aus der Strafpredigt. Er beugte sich über sein Heft und predigte zu Ende, ohne auch nur einen einzigen Blick mehr in die Kirche zu werfen. Als der Geistliche dann in die Sakristei kam, war kein Mensch drinnen. Er setzte sich auf ein kleines schmales Bänkchen, stützte den Kopf in die Hände und starrte vor sich hin. Er sah ganz verstört aus.

Das Unglück war, daß er dieser Tage mit dem Küster davon gesprochen hatte, wie kümmerlich er es hatte. Denn er bekam ja für seine Arbeit so gut wie keinen Lohn. Er war der Hilfsgeistliche eines armen Vikars, der selbst kaum genug zum Leben hatte. Er konnte nichts verlangen, wo nichts zu holen war.

Auch war er kein alleinstehender Mann. Er war verheiratet gewesen und hatte für drei kleine Kinder zwischen zwei und fünf Jahren zu sorgen. Er hatte es so schwer, daß er schon an das Konsistorium geschrieben hatte, man möchte ihm doch um Gottes Barmherzigkeit willen zu einer anderen Stelle verhelfen. Hier wohnte er ja in einer kleinen Hütte, die aus einem einzigen Raum bestand. Er hatte nicht die Mittel, sich Knecht oder Magd zu halten, und der Hunger war täglicher Gast bei ihm. Niemandem in der ganzen Gemeinde ging es so erbärmlich wie ihm. Er mußte von hier fort. Da hatte ihm der Küster gesagt, er könne doch etwas tun, das besser sei, als seiner Wege zu gehen. Der Prediger hatte zu wissen verlangt, was dies wäre, und darauf hatte der Küster zurückgefragt, ob er denn etwas dagegen habe, noch einmal zu heiraten.

Hier im Kirchspiel war eine reiche Bauerstochter. Die hatte noch keinem Freier ihr Jawort gegeben, sondern führte ihre große Wirtschaft selbst. Aber wer konnte wissen, was sie sagen würde, wenn nun der Prediger – sie war ja nicht mehr ganz so jung, aber ein stattliches Frauenzimmer. Der Prediger hatte sie wohl noch nicht gesehen, denn sie wohnte in einem entlegenen Winkel des großen Kirchspiels. Sie hatte mehrere Meilen zur Kirche und kam auch höchstens zweimal im Jahre hin. Zu seinen Zeiten war sie noch nicht da gewesen.

Der Küster hatte die Sache so gut darzustellen gewußt, daß der Prediger ihm die Erlaubnis gegeben hatte, nicht gerade zu freien, aber doch sich ein wenig zu erkundigen, ob sie, Gudrun Ivarsdotter, daran denken würde, ihn zu heiraten.

Er hatte ja begriffen, daß sie alt und häßlich sein mußte, und vielleicht war sie auch noch obendrein böse, aber danach hatte er nicht gefragt. Er hatte nur daran gedacht, daß, wenn er sie bekäme, die kleinen Kinder nicht mehr über Hunger zu klagen brauchten. Nun, in der Kirche, gerade als er seine Strafpredigt beginnen wollte, war es ihm klar geworden, daß das die reiche Bauerstochter war, um die er geworben hatte, und die nun gekommen war, um ihm Bescheid zu geben.

Sie war in dieser Weise gekommen, um dem armen

Geistlichen zu zeigen, daß sie viel zu gut für ihn war, und darin mußte er ihr recht geben. Wenn er doch nur dem Küster nicht aufs Wort geglaubt hätte! Hätte er nur gewußt, daß sie noch jung und schön war, so wäre er dieser neuen Demütigung entgangen! Er blieb lange in der Sakristei sitzen, um Gudrun Ivarsdotter und all den anderen Zeit zu lassen, sich wegzubegeben, bis er über den Kirchenhügel ging. Aber sie hatte sich offenbar nicht beeilt, denn als er die Sakristeitür öffnete, war sie noch da. Sie wollte sich eben in den Sattel schwingen und war auf einen Stein gestiegen, der zur Bequemlichkeit der Reitenden gerade vor das Kirchentor gelegt worden war. Ihr Knecht, der das Pferd hielt, konnte es nicht still halten, so daß es ihr einmal ums andere mißlang, auf den hohen Quersattel hinaufzukommen.

Da trat der Prediger rasch heran. Er faßte Gudrun mit seinen starken Armen, hob sie hoch in die Höhe und setzte sie dann derb in den Sattel.

Sie war wahrlich nicht auf den Mund gefallen, aber sie fand kein Wort der Erwiderung, sondern ritt schweigend fort.

Nach diesem Frühlingssonntag begann für den armen Hilfsgeistlichen wie für die ganze Gemeinde eine Zeit, die schlimmer war als alles, was sie je miterlebt hatten. Der Frühling hatte schon im April so schön begonnen, daß es beinahe sommerlich warm gewesen war. Schnee und Eis verschwanden, der Boden grünte, die Bäume schlugen aus, und die Leute mußten sich sputen, so sehr sie nur konnten, um die Saat in die Erde zu bringen. Dafür, daß es April war, fiel merkwürdig wenig Regen, aber um so mehr würde wohl im Mai nachkommen. Regen bekam man immer noch genug, da brauchte einem nicht bange zu sein. Von dieser Ware gab es eher zu viel als zu wenig.

Aber der Mai wurde trocken und windig, nur hier und da gab es einen kurzen Schauer. Die Leute erwarteten, daß der Regen zu Pfingsten kommen würde, wenn schon nicht früher, aber der Pfingstsonntag brach blank und klar an wie alle anderen Tage, und in der Nacht zum Pfingstmontag wurde es so kalt, daß es fror. Der Frost griff ungleich an, wie gewöhnlich. Manche Felder wurden ganz zerstört, aber viele hielten sich noch, und das Gras auf Wiesen und Angern sah ganz gut aus. Es fehlte eben nur der Regen.

Der Johannistag pflegte ja ebenso große Macht zu haben, den Regen anzuziehen, wie Pfingsten, und am Johannisabend stiegen denn auch dunkle Wolken am Himmel auf. Es gab ein heftiges Gewitter, und etliche Hagelkörner kamen herabgeprasselt, das war alles.

Dann wölbte sich der Himmel ganze drei Monate lang klar und wolkenlos. Die Erde wurde so erhitzt wie ein Backofen. Nacht und Tag waren gleich schwül und drückend.

Das Gras wurde braun gebrannt und verkümmerte. Das Korn bekam Ähren, als die Halme noch keine Handbreit aus der Erde standen. Alles wurde frühzeitig reif, und die Ernte war leicht zu bergen. Aber dafür fanden sich auch große klaffende Lücken in Scheuern und Vorratshäusern.

Den Sommer über wurde die ganze Gegend von großen Waldbränden heimgesucht. Es war kaum möglich, ein Feld zu schwenden, ohne daß das Feuer auf den Wald übergriff. Es war noch gut, daß es auf den Äckern so wenig zu tun gab, denn man mußte beständig in den Wald eilen, um dort zu löschen.

Gegen Ende August wurden die Nächte lang und dunkel, die Sonne büßte ihre Kraft ein, jetzt mußte es den Wolken doch endlich möglich sein, sich zu sammeln. Das taten sie auch, sie ballten sich so dicht und schwer zusammen, daß der Regen gar nicht die Macht hatte, aus ihnen hervorzubrechen.

Um diese Zeit begann das Wasser in Quellen und Bächen zu versiegen. Die Mühlen standen still, und die Getreide zu mahlen hatten, mußten ihre alten Handmühlen hervorsuchen. Im Walde verdorrte alles Futter, die Herden kehrten auf die Höfe zurück, als wollten sie die Bauersleute um Hilfe anflehen.

Jetzt waren die Menschen nicht mehr im Zweifel darüber, daß ihnen ein Notjahr bevorstand. Sie wanderten alle aus den Häusern in den Wald, um für ihr Vieh Moos, Flechten und Laub einzusammeln. Ihr eigenes Brot mischten sie bald mit Waldbeeren, bald mit feingehacktem Stroh, bald mit getrockneter, zerstoßener Rinde.

Im Oktober mußte schließlich doch Regen kommen. Es konnte der Ernte ja nicht mehr helfen, aber es wäre doch ein Gutes, wenn man Wasser für Mensch und Vieh bekäme und die Mühlen in Gang setzen könnte. Aber der Oktober wurde klar und wolkenlos, nahezu wie ein Sommermonat. In diesen Monat fiel der Jahrmarkt, und der pflegte immer schlechtes Wetter anzuziehen wie alle großen Feiertage. Der Markttag brach auch mit scharfem Nordwind und bitterer Kälte an, aber Regen brachte er keinen.

Jetzt waren es nicht nur die zahmen Tiere, die dem Dorfe zustrebten, jetzt kamen auch die Waldtiere zu den Menschenwohnungen geschlichen, um zu sehen, ob es nicht da etwas zu essen und zu trinken gäbe.

Die Menschen konnten sich auch nicht still verhalten. Sie begannen auf die Wanderschaft zu gehen, wie die Tiere. Ganze Familien griffen zum Bettelstab und zogen fort, um zu sehen, ob es anderswo Bauernhöfe gäbe, wo man genug hatte und noch austeilen konnte. Im November kam endlich ein wenig Niederschlag. Es war Schnee. Hartgefroren fiel er zu Boden, er reichte nicht zur Schlittenbahn, er reichte zu gar nichts, es war gerade nur so viel, daß man die ausgedörrte Erde nicht mehr sah.

Im Dezember, als sich das harte Jahr endlich seinem Ende zuneigte und alles schon so schlimm war, daß es nicht mehr schlimmer werden konnte, traf den armen Prediger doch erst seine schwerste Prüfung. Er wurde eines Tages, kurz vor Weihnachten, mehrere Meilen weit weg in die Waldgegend zu einer armen Fischerswitwe gerufen. Nach langer Wanderung kam er zu einer kleinen Hütte, die am Ufer eines langen Sees lag. In der ganzen Umgebung sah er nicht ein Wohnhaus, keine Felder, keine Ställe, nur Wald. Die elende Hütte lag ganz einsam und verlassen da, den öden See vor sich, den stummen Wald im Rücken.

Dort drinnen hatte er eine todkranke Frau gefunden und sechs Kinder, die bald elternlos sein mußten. Ihr Vater war im Sommer vorangegangen, und nun sollten sie auch ohne Mutter bleiben.

Das älteste der Kinder zählte zehn Jahre, das jüngste nicht mehr als drei. Keines von ihnen konnte sich schon nützlich machen oder etwas für seinen Unterhalt verdienen. Alle brauchten sie noch Hilfe, und man mußte ihnen Kleider und Nahrung geben, ihnen Wartung und Pflege angedeihen lassen, wenn sie nicht zugrunde gehen sollten.

Alle hatten sie die Mutter umstanden, als sie das heilige Abendmahl empfing, und sie hatte von ihnen zum Prediger geschaut und vom Prediger zu ihnen. Sie hatte die Augen nicht geschlossen, immer nur geschaut und geschaut. Aber sie hatte nicht mit Worten gebeten. Es gibt Wünsche, die zu groß sind, als daß man sie aussprechen könnte.

Der Geistliche hatte sie gefragt, ob sie denn keine Nachbarn habe. Doch, das hatte sie. Eine Meile weiter den Rottner-See hinauf lag ein großes Gehöft, das einer gewissen Gudrun Ivarsdotter gehörte. Die Fischersfrau hatte sich vor einigen Tagen zu ihr geschleppt und ihr von den Kindern gesprochen, aber sie hatte sich ihrer nicht annehmen wollen.

Dies setzte den Prediger keineswegs in Erstaunen. Es war ja nicht zu erwarten, daß solch eine trotzige, selbstzufriedene Jungfer wie Gudrun einer so großen Kinderschar zu Hilfe kommen würde. Es war wohl auch gar nicht wünschenswert.

Die Augen der kranken Frau hatten mit solcher Herzensangst auf dem Prediger geruht, daß er es schließlich nicht mehr in der Hütte aushalten konnte. Er mußte ins Freie gehen, um nicht etwas zu versprechen, das er ja doch beim besten Willen nicht halten konnte. Er ging von der Hütte zum Seeufer hinunter. Das Wasser stand so tief, daß der Seegrund bis weit hinaus sichtbar war, und er begann, dorthin zu wandern. Er ging da allein und hilflos durch das Ödland und fühlte sich zu Tode bedrückt von der neuen Bürde, die er sich auflegen mußte. »Wenn es doch ein anderes Jahr gewesen wäre«, dachte er, »wie kann ich es auf mich nehmen, für noch sechs Schnäbel Essen zu schaffen, wo ich die drei nicht satt machen kann, für die ich schon zu sorgen habe?«

Er hatte geglaubt, daß er im Frühjahr arm gewesen war. Aber was war das gegen die Armut gewesen, die ihn heute bedrückte? Jetzt war ja auch bei anderen Menschen keine Hilfe zu finden.

Plötzlich bemerkte er einen Stein, der dicht am Wasser lag. Es waren Buchstaben eingehauen, und er ging näher heran, um zu lesen. Er konnte ein M und ein paar X unterscheiden und dachte sich, daß da wohl, in den Stein eingeritzt, eine Jahreszahl gestanden hatte. Irgend jemand hatte in längst vergangenen Zeiten bezeichnen wollen, wie tief das Wasser in diesem Jahre zurückgetreten war.

Der Prediger blieb vor dem Steine stehen und suchte die Jahreszahl zu entziffern. Es wollte ihm nicht glücken, aber es mußte wohl etwas darin liegen, das ihm gleichsam Erleichterung und Trost brachte. Das Wasser hatte ebenso tief gestanden wie heute, aber die Menschen waren doch nicht untergegangen. Sie hatten, was ihnen auferlegt war, getragen und weiter gelebt.

Rasch ergriff er einen scharfkantigen Kiesel und begann die Zahl des Notjahres, das er nun selbst durchlebt hatte, in den Stein zu klopfen.

Er setzte die Jahreszahl 1640 in den Stein, so gut er es ohne Stemmeisen und Hammer konnte. Aber als dies getan war, war es ihm nicht genug.

Jeden Tag hatte er in langen Gebeten zu Gott um Hilfe gefleht. Nun wollte er noch ein Gebet zu ihm emporsenden, aus der großen stummen Einsamkeit hier oben in der Wildnis.

Und er begann in den Stein zu graben, was sein Herz in dieser Unglückszeit stündlich rief: Gott hilf uns. Es war eine Arbeit, die seine ganze Kraft erforderte. Aber sie tat ihm wohl. Während er das Gebet in den Stein ritzte, dünkte es ihn, daß der weite graue See und die schwarzen Tannen der Ufer und der niedrige schwere Winterhimmel zu einem großen Gotteshause wurden.

Es tat ihm gut, all die Angst, die er mit sich herumtrug, in den Stein pressen zu können. Er ritzte die Klageschreie all der Hungernden und Dürstenden ein. Er führte das Wort für die Tiere, die in der Hut der Menschen und in der Wildnis lebten, für die gewaltigen Tannen, die auf den Bergen verschmachteten und für das kleinste Hälmchen auf dem Anger.

Mit jedem Buchstaben, den er in den Stein einschrieb, wurde er mutiger. Er fühlte, wie ihm Kraft zuströmte. Er hatte keine Angst mehr, irgendeine Bürde auf sich zu nehmen, wie schwer sie auch immer sein mochte. Gott würde ihm sicherlich beistehen.

Ein paar Tage darauf war Weihnachtsabend.

An diesem Tage herrschte bei dem Hilfsgeistlichen keinerlei Not. Man hatte ihm vom Pfarrhof und auch von anderen Seiten Weihnachtsspeisen geschickt. Nach dem Mittagessen war er mit all den neun Kindern bei einem der Nachbarn in der Weihnachtsbadestube gewesen, und dann hatte er sich mit ihnen daheim in der Hütte im Weihnachtsstroh getummelt, bis sie so müde waren, daß sie sich auf dem raschelnden gelben Christusbettlein ausgestreckt hatten und eingeschlummert waren.

Der Prediger hätte auch Lust gehabt, sich ins Stroh zu legen und zu schlafen, aber er hatte an anderes zu denken. Es begann zu dunkeln, und er mußte die Gerstengrütze aufs Feuer setzen.

Von dem Augenblick an, in dem die Grütze kochte, wagte der Prediger den Kochlöffel nicht fortzulegen, sondern rührte und rührte die ganze Zeit. Hoch aufgeschossen, wie er war, mußte er beim Rühren so gebückt stehen, daß ihm der Rücken vor Müdigkeit schmerzte. Aber er ließ sich das nicht anfechten, sondern schien in vortrefflicher Weihnachtsstimmung zu sein.

Seine Lage war in keiner Weise erfreulicher geworden, er war ebenso elend daran wie zuvor, aber er hatte mehr Zuversicht. Es würde ihm schon in der einen oder anderen Weise Hilfe kommen, dessen war er gewiß.

Mit einemmal runzelte der Prediger die dichten schwarzen Brauen. Er hörte, daß jemand auf die Türklinke drückte und herein wollte. Freilich war es in der ganzen Gemeinde bekannt, daß er seine eigene Haushälterin sein mußte, aber es war ihm doch nicht recht, Besuch zu bekommen, wenn er mit Weiberhantierung beschäftigt war.

Er griff nach den Kesselringen, als wollte er die Gerstengrütze vom Feuer wegstellen, aber er überlegte es sich wieder.

Es war wohl nur der Küster, der kam, um nachzusehen, wie es ihm und den Kindern am Weihnachtsabend erging, und vor ihm brauchte er ja keine Scheu zu haben.

Doch als die Tür aufging, sah er, daß es nicht der Küster war, sondern eine hochgewachsene Weibsperson, die da hereinkam, er meinte auch sogleich zu wissen, wer sie war, obschon es unten bei der Türe so dunkel war, daß er ihr Gesicht nicht sehen konnte.

»Ja, das ist mir eine schöne Bescherung«, dachte er. »So etwas hat sie gewiß noch nicht erlebt. Jetzt hat sie etwas, worüber sie von Weihnachten bis zum Johannistag lachen kann!«

Die Fremde zog sachte die Türe hinter sich zu und kam zum Herd heran, die Hand zum Gruße ausgestreckt. Es war Gudrun Ivarsdotter, aber sie sah gar nicht mehr aus wie die störrische Bauerstochter, die in die Kirche geritten kam, um mit ihrem Freier Spott zu treiben. Sie war sehr bleich, und sie sah schwach und elend drein, so, als wäre sie eben erst von einer schweren Krankheit genesen. Wie es in ihrem Innern aussah, konnte der Prediger nicht wissen, aber sie schien nicht einmal zu merken, was für eine Arbeit er da unter den Händen hatte.

Der Geistliche sagte nichts, um sie willkommen zu heißen, er legte nur ganz geschwind den Kochlöffel weg und beeilte sich, ihr einen Schemel zum Sitzen hinzurücken. Es war eine so große Veränderung in ihr vorgegangen. Es war ihm eine solche Überraschung, sie so still und schwach vor sich zu sehen. Sie rührte ihn, und die Stimme wollte ihm durchaus nicht aus der Kehle hervor.

So mußte also Gudrun das Gespräch eröffnen. Und sie sprach wie jemand, der weder scheu noch unruhig ist, weil er eben erst einen großen Schrecken durchgemacht hat, der ihm alle andere Furcht genommen hat. Die ganze Zeit sah sie ins Feuer. Sie konnte die Augen nicht davon weg wenden.

Sie wollte den Prediger nach all den armen Fischerskindern fragen, sagte sie. Konnte es möglich sein, daß er sie alle miteinander zu sich genommen hatte?

Der Prediger hatte den Grützlöffel wieder ergriffen. Aber jetzt legte er ihn abermals fort und riß ein brennendes Scheit aus dem Herde und beleuchtete die Hütte, wo die Kinder im Weihnachtsstroh lagen und schliefen.

»Ich mein' schon, daß sie alle miteinander da sind«, sagte er.

»Aber wie ist das nur möglich?« wunderte sich Gudrun. Die Kranke war in der vorigen Woche bei ihr gewesen und hatte sie gefragt, ob sie sich der Kinder annehmen könne. Und sie hatte geglaubt, nein darauf sagen zu müssen. Es war doch ein so schlimmes Jahr, daß sie für ihre eigenen Leute nichts zu essen hatte. Aber immerhin konnte sie doch mehr aufbringen als er.

»So viel wie ihre Mutter gehabt hat, habe ich vielleicht auch noch«, sagte der Prediger. »Die Kinder da sind das Hungern gewöhnt.«

Sie sprach weiter, als hätte sie seinen Einwand nicht gehört.

»Ich war nicht imstande, sie aus meinen Gedanken zu bringen. Gestern ritt ich nach dem Fischerhaus, um zu sehen, wie es ihnen erging, aber da waren sie schon fort. Ich traf nur ein paar Männer, die die Leiche holen wollten, und sie sagten, daß die Kinder hier beim Hilfsgeistlichen seien.«

»Ja, da sind sie gerade an den Rechten gekommen.«

Jetzt, zum ersten Male, wandte sie sich ihm zu und sah ihm gerade ins Gesicht. Er verstand wohl nicht, wie sie es meinte, dachte sie.

Er rührte rascher und rascher in dem Kessel herum:

»Ach, ich schaffe es wohl mit Gottes Hilfe«, sagte er kurz.

Dieselbe Verlegenheit, die früher über den Prediger gekommen, war wieder da. Er hätte über sie weinen mögen. Was war es wohl, das sie so verändert hatte, daß sie jetzt Mitleid fühlte, auch mit ihm? Er wußte nicht, was er sagen sollte, um seine Rührung nicht zu verraten. Gudrun kam ihm nicht zu Hilfe. Sie saß da, das Gesicht in die Hände gestützt und blickte ins Feuer. Sie dachte wohl an das, was sie so verwandelt hatte.

»Das wird ein seltsamer Weihnachtsabend für deine Leute, Gudrun, wenn du fern bist«, sagte er schließlich.

»Ja, es war auch nicht die Absicht, daß es so kommen sollte. Ich machte mich ganz frühmorgens auf, und ich glaubte, ich würde um diese Zeit längst wieder daheim sein.«

»Bist du auf dem Wege aufgehalten worden?«

»Nur dadurch, daß es zu regnen anfing; aber der Boden war doch gefroren, und da wurde es so glatt, daß das Pferd nicht vorwärts wollte.«

Wieder bekam er großes Mitleid mit ihr. Er hätte mit dabei sein mögen, um ihr zu helfen, aber das wollte er nicht sagen.

»Das ist ein merkwürdiges Jahr, in dem es am Weihnachtsabend regnet«, sagte er statt dessen, denn er mußte ja seine Worte sorgsam wählen, damit die Stimme nicht ins Schwanken kam.

»Ja, das steht fest, ein schweres und wunderliches Jahr«, sagte sie, »nicht einmal solch eine kleine Fahrt konnte ich machen, ohne daß mir dabei etwas in die Quere kam. Ich bin erst bei Einbruch der Dunkelheit ins Dorf gekommen.«

»Vielleicht hast du das Pferd hier draußen stehen, Gudrun?« fragte der Geistliche hastig. Er wäre froh gewesen, wenn er Gelegenheit gefunden hätte, etwas für sie zu tun.

»Nein«, sagte sie, »ich habe es beim Propst eingestellt. Ich bin es gewohnt, dort einzukehren. Ich habe ja zwei Jahre im Pfarrhof gelernt.«

»Ich glaube, das hat mir der Küster erzählt«, sagte der Prediger.

»Ich werde wohl über Nacht dort bleiben müssen«, sagte sie, und da sie keine Antwort darauf bekam, fuhr sie fort: »Ich habe den Kindern etwas mitgebracht. Ich bringe es morgen, das Gehen war heut abend so schwer.«

»Es wird jederzeit willkommen sein.«

Das war nüchterne Rede, – der Prediger begann seiner Erregung Herr zu werden. Er mußte daran denken, wie wunderlich es doch war, daß Gudrun selbst gekommen war. Wenn sie ihm und den Kindern nur Weihnachtsspeisen schicken wollte, hätte es ja genügt, einen Knecht auszusenden.

Gudrun hatte dagesessen und mit einem Finger Figuren auf die Herdplatte gezeichnet. Jetzt schlug sie plötzlich die Augen zu ihm auf.

»Damals im Frühling, als ich in die Kirche kam und die Predigt störte, hab' ich mich nicht recht benommen«, sagte sie. – Nun fand der Geistliche Gelegenheit, ein Wort zu sagen, was ihm schon lange auf der Zunge gelegen war, und er fiel eifrig ein:

»Niemand hatte mir gesagt, wie du bist, Gudrun. Ich wußte nicht, wie falsch ich angeklopft hatte.«

»Ich habe mich doch auf jeden Fall falsch benommen«, beharrte sie.

Jetzt wurde er abermals gerührt, weil es mit ihrem Stolz so ganz aus war. Er hätte ihr gerne gesagt, wie schön er es fand, daß sie ihr Unrecht eingestand, aber er konnte es nicht herausbringen.

Auch in ihrer Stimme waren Tränen, aber sie dachte nicht daran, sie zu verbergen, sondern fuhr fort, das auszusprechen, was sie zu sagen gekommen war.

Sie wollte wissen, ob er sich noch entsinne, was er damals gesagt hatte, als er sie aufs Pferd setzte. Er hatte gewünscht, sie möge so weit fort ziehen, daß sie ihm nie mehr unter die Augen kommen konnte. Sie wollte jetzt wissen, ob er etwas Bestimmtes damit gemeint hatte.

»Nein«, sagte der Prediger, »ich sagte nur so, weil ich zornig war.«

»Ja, zuerst glaubte ich auch nicht, daß es etwas anderes zu bedeuten hätte.«

Nun wandte sie die Augen wieder von seinem Gesicht ab und begann auf der Herdplatte zu zeichnen.

»Es ist heuer so viel Unglück über mich gekommen«, sagte sie. »Ich bin seit diesem Tage wie verfolgt gewesen.«

»Du siehst aus, als wärst du krank gewesen.«

»Nein, Krankheit war es nicht, die mich heimgesucht hat, ich habe mich gegrämt.«

»Ihr habt wohl oben in der Waldgegend viel unter der Dürre zu leiden gehabt«, warf der Prediger hin.

»Es war die Dürre, und es war allerlei anderes Unglück«, erwiderte Gudrun. »Aber der große Waldbrand war das ärgste. Mir ist mein ganzer Wald verbrannt, und alles, was in dem Walde war, ist auch dahin.«

»Du bist doch wohl nicht obdachlos?« rief er aus.

»Nein, nein, der Hof steht, aber all mein Vieh ist umgekommen. Und das war das schlimmste.«

»Ah«, sagte er nur, aber nun ließ er endlich den Kochlöffel sinken. Er begriff, daß sie nach all den toten Tieren starrte, wenn sie so ins Feuer sah. Das hatte sie gebrochen.

»Ich habe viele Leute unter mir«, sagte sie. »Es ist hart, nicht zu wissen, was man ihnen zu essen geben soll, wenn es keine Milch und keine Butter gibt –«

»Darum konntest du die Kinder nicht aufnehmen?«

»Ja – nein, nicht nur darum.«

»Ich wundere mich, daß ich nichts davon gehört habe«, sagte der Prediger nachdenklich, »aber es war wohl so, daß ich nicht auf die hören wollte, die von dir gesprochen haben. Ich hatte Angst vor dir.«

Er sah, wie Gudruns Gesicht von einem flüchtigen Lächeln erhellt wurde.

»Ich habe noch mehr Angst vor dir gehabt.«

»Angst?« sagte er, und war noch verdutzter über dies als über alles andere, was er sie hatte sagen hören. »Du hast Angst vor mir gehabt?«

»Ja, seit diesem Sonntag«, sagte sie und sah wieder ganz erschrocken aus, als sie davon sprach.

»Hast du geglaubt, daß ich dir all das Unglück schickte?« rief er heftig.

»Ja, ich glaubte, du wolltest mich aus der Gegend verjagen.«

Madonna mit Kind (1487)
San Paolo, Museo de Arte

Madonna mit dem Kind und den Heiligen Petrus und Sebastian (1487)
Paris, Louvre

»Aber du hättest doch daran denken müssen, daß ich ein Priester bin.«

»Ja, gerade deshalb. Priester haben ja mehr Macht als wir anderen.«

Der Prediger wußte nicht, ob er lachen oder weinen sollte. Er begann mit eifrigen Einwänden, aber sie unterbrach ihn.

»Daheim im Rottner-See ist ein Stein mit Hexenzeichen. Der liegt meistens auf dem Seegrund verborgen, aber in großen Unglückszeiten kommt er zum Vorschein. Meine Leute haben erzählt, du hättest ihn gesehen und noch größere Unglücksrunen eingezeichnet, als schon darin standen.«

»Ist dort oben an deinem See niemand, der lesen kann?« fragte der Prediger.

»Doch, ich kann's«, sagte Gudrun. »Ich habe den Stein gestern gesehen und die Inschrift gelesen.«

Sie stieß einen tiefen Seufzer aus, wie bei der Erinnerung an eine schwere Bürde, die von ihr genommen war.

»Nun will ich auch sagen, warum ich mich der armen Fischerkinder nicht annehmen wollte. Ich dachte, all meinen Hausrat zusammenzupacken und zu meinen Verwandten zu ziehen, die drüben auf der anderen Seite des Gebirges in einem anderen Tal wohnen.«

»Aber jetzt willst du bleiben?«

»Ich fürchtete mich nicht mehr so sehr vor dir, als ich sah, was du geschrieben hattest.«

»So hat denn Gott schon geholfen«, sagte der Geistliche.

»Ich dachte, wer dies Gebet eingegraben und sechs arme Kinder zu sich genommen hat, der kann kein harter Mann sein«, sagte Gudrun sanft.

Er stand ein wenig abseits vom Feuer und sah sie an. »Du hast das mit den Kindern als Vorwand genommen, um herzukommen und mich um Barmherzigkeit zu bitten?« sagte er ein wenig zögernd, denn es war ja schwer für ihn, es in seinen Kopf zu bringen, daß sie Angst vor ihm gehabt hatte.

»Ja«, sagte sie. Es klang wie ein ängstlicher Seufzer.

»Du willst, daß ich dir verspreche, dich nicht mehr zu verfolgen, dir nicht mein Unglück zu senden, so daß du es wagen kannst, daheim zu bleiben?«

Sie hielt die Hände vor die Augen und antwortete nichts, bewegte nur den Kopf ein wenig. Es konnte kein Zweifel sein, daß er sie recht verstanden hatte, und daß es das war, was sie zu ihm geführt hatte.

»Was soll ich dir nur sagen, damit du mir glaubst und nie mehr Angst vor mir hast?« sagte er mit einem starken Zittern in der Stimme.

»Ich habe dir schon gesagt, daß auch ich Furcht vor dir gehabt habe, ich vor dir, den ganzen Sommer«, fuhr er fort. »Ich wäre froh gewesen, wenn ich gehört hätte, du seist über die Berge in ein andres Tal gezogen. Denn wärst du so weit fortgewesen, dann wäre meine Sehnsucht nicht so arg geworden. Es ist schlimmer zu wissen, daß die, der man gut ist, ganz nahe ist, ohne trennende Berge. – Jetzt siehst du vielleicht ein, daß du vor mir keine Angst zu haben brauchst?« fügte er mit einem kleinen Lachen hinzu, das recht wehmütig und mutlos klang. Er wartete ungeduldig darauf, daß sie etwas sagte, aber sie saß ganz still da. Er wußte gar nicht, ob sie ihn hörte.

»Du warst heut abend so, daß ich dir dies sagen konnte«, fuhr er fort. »Ich glaube nicht, daß du dich über mich lustig machen wirst.«

Endlich hob sie den Kopf. In ihren Augenwinkeln schimmerten Tränen.

»Ich bin wohl von Sinn und Verstand«, sagte sie, »aber denke nur, ich finde, es war schon wert, all das durchzumachen, was ich diesen Sommer erleiden mußte, nur um diese Worte von dir zu hören.«

Er wußte nicht, ob er es wagen sollte, zu glauben, daß er recht gehört hatte.

»Ich will, daß du bleibst, wo du jetzt bist«, rief er

dann aus. »Daß du nie von mir gehst! Diesen Fluch will ich über dich verhängen.«

Er trat näher an sie heran, und sie wich nicht zurück. Aber als er gerade ihre eine Hand an sich gezogen hatte, hörte man ein starkes Zischen und Prasseln vom Herde. Es war die Gerstengrütze, die überkochte.

Der Prediger wandte sich, so rasch er konnte, dem Feuer zu, aber Gudrun kam ihm zuvor. Sie faßte die Kesselringe und hob den Kessel vom Feuer. Aber es war zu spät. Die Grütze brodelte aus dem Kessel und lief über die Herdplatte. Die brennenden Scheite zischten und prasselten, starker Rauch und furchtbarer Dampf erfüllten die Stube. Die Kinder sprangen erschrocken aus dem Stroh auf, und die Kleinsten begannen zu weinen.

Aber mitten drin fing Gudrun zu lachen an. Das Herz schlug ihr rasch und sorglos in der Brust, und sie fühlte, wie sie wieder die alte wurde.

»Ja, nun siehst du, wie es in diesem Haushalt zugeht«, sagte er.

»Du mußt freilich hexen können, du schwarzer Priester, um eine Frau in dein Haus zu kriegen.«

»Ich weiß schon, wer mir meine Frau geschickt hat«, sagte der Prediger. »Die Hexen nicht.«

Plötzlich wurde Gudrun wieder ernst.

»So ist es wohl *er*, zu dem du gebetet hast, als du deine Bitte in den Stein schriebst, der mich hierher gesandt hat«, sagte sie.

Es heißt, daß der Stein im Rottner-See sich in diesem Jahr der Not und des Schreckens, das wir nun durchleben, wieder gezeigt hat. Die Leute in Värmland glauben, daß er Unheil verkündet, und das mag wohl sein. Aber vielleicht auch soll uns die Kunde, die er von der Not und von dem Glauben früherer Zeiten bringt, Mut einflößen, Zuversicht zu haben, Mut, Barmherzigkeit zu üben.

Ein Emigrant

Wohl in dem Vorgefühl von all dem Trüben und Schweren, das er um ihretwillen erdulden sollte, mochte der Knabe die Puppe gar nicht ansehen, als er sie am Weihnachtsabend bekam. Er sagte gerade heraus, er wolle nicht mit Puppen spielen; er, der doch ein Junge war. Die Mutter hatte ihn gefragt, ob sie die Puppe auf den Boden tragen, oder sie dem kleinen Mädchen des Droschkenkutschers schenken solle, das er nicht leiden konnte, und sogar dazu hatte er ja gesagt. Es war ihm ganz gleichgültig, was aus dieser abscheulichen Puppe wurde.

Aber was nun auch der Grund sein mochte, die Puppe wurde doch nicht zum Droschkenkutscher getragen, sondern fand sich noch am Weihnachtsmorgen in der Wohnung vor. Der Knabe war dadurch erwacht, daß die Mutter aufstand, um zur Weihnachtsmesse zu gehen, und er hatte ein bißchen gejammert, daß er allein zu Hause liegen bleiben sollte.

»Du bist doch nicht allein«, hatte die Mutter gesagt. »Jetzt hast du doch jemanden, der dir Gesellschaft leisten kann.«

Damit hatte die Mutter die große Fleckchenpuppe genommen, sie auf einen Stuhl an den Tisch gesetzt und sie mit einer brennenden Lampe davor zurückgelassen. Es sollte hell im Zimmer sein, damit der Kleine sah, daß jemand da war, der über ihn wachte, und er die ganze Zeit, da die Mutter weg war, ruhig schlafen konnte.

Der Knabe wollte der Mutter nicht sagen, wie kindisch ihm das alles vorkam. Er hätte gern gewußt, ob sie denn vergessen hatte, daß sie einen Jungen zum Kind hatte, nicht ein Mädel. Er ließ sie jedoch gehen, ohne weitere Einwände zu erheben, denn es war ihm ganz recht, unter vier Augen mit der Puppe zu bleiben.

Wenn sie nur erst allein waren, dann würde sie schon nicht allzulange an dem Tisch unter der Lampe sitzenbleiben. Sie würde schon auf ihren rechten Platz kommen, darauf konnte sie sich verlassen.

Als die Mutter in der Türe stand, im Begriffe zu gehen, sagte sie noch: »Du kannst Laban hier fragen, wie es in der Weihnachtsnacht zuging, als Jesus geboren wurde. Du glaubst gar nicht, wieviel er von allem weiß, was sich einmal in der Welt zugetragen hat.«

Nein, das ging doch über den Spaß. Die dumme Puppe dort am Tisch! Die Mutter wurde wohl bald ebenso einfältig wie die Puppe selbst.

Aber es war merkwürdig. Wie er am Weihnachtsmorgen dalag und die Puppe anguckte und sich dachte, daß das wohl die letzte war, die ihm etwas erzählen konnte, gleichviel was, merkte er, daß sie plötzlich eine andere geworden war.

Sie war doch früher als ein Matrose kostümiert gewesen, mit weiter Bluse, weißen langen Hosen und einer schirmlosen Mütze, auf der ihr Name »Laban« mit rotem Wollgarn gestickt war, aber so sah sie jetzt nicht mehr aus. Sie hatte sich ganz plötzlich in einen der Hirten verwandelt, die in derselbigen Nacht, in der Jesus geboren ward, über die Flur gingen und die Schafe hüteten. Er hörte auch die Engel in der Luft über dem Kopf der Puppe singen, und er sah, wie sie sich aufrichtete, um zu sehen, was für merkwürdige Vögel durch die dunkle Nacht flogen.

Alles war genauso, wie er es die Mutter am Abend vorher erzählen gehört hatte, nur mit dem Unterschied, daß er jetzt alles vor sich sah, ganz so, wie es geschehen war. Es war Nacht, und es waren Engel, und es waren lebende Schafe. Das war etwas anderes, als nur davon erzählen zu hören.

Der Junge war damals erst drei Jahre alt. Und deshalb konnte er wohl nichts von dem, was die Puppe und er an jenem Morgen zusammen gesehen hatten, in seiner Erinnerung bewahren. Daß sie auch nach

Bethlehem gegangen waren und das Jesuskind gesehen hatten, glaubte er wohl, aber er konnte sich nicht recht entsinnen, wie es zugegangen war. Es war ihm wieder ganz entschwunden.

Das einzige, was er von diesem Weihnachtsmorgen-Abenteuer noch wußte, war, daß, als die Mutter heimkam, die Puppe in seinen Armen gelegen und geschlafen hatte.

Die Mutter hatte gleich gemerkt, daß die Puppe nicht mehr am Tische saß, und sie hatte sich ein bißchen mißtrauisch umgesehen, nach dem Kachelofen und der nächsten Kellerluke geguckt, aber schließlich hatte sie entdeckt, daß der Knabe den Matrosen mit ins Bett genommen hatte.

Und sie war sehr froh gewesen, als sie dies gemerkt hatte. Denn sie wußte nun, daß der Kleine einen Freund gefunden hatte, der ihm über viele einsame Stunden und viele Sorgen hinweghelfen würde.

Mit der Zeit entdeckte der Knabe immermehr und mehr gute Eigenschaften an der Puppe. Er sagte ganz ernsthaft zur Mutter, wie um ein großes Unrecht gutzumachen, daß er, bevor er Laban hatte, gar nicht gewußt hatte, wozu Puppen gut seien. Er hatte geglaubt, sie seien nur für kleine Mädchen zu brauchen, die ihnen Kleider nähten und ihnen diese Kleider an- und wieder auszogen.

»Aber jetzt denkst du anders von ihnen?« fragte die Mutter und lächelte ihm zu.

Ja gewiß, jetzt begriff er, daß Kinder Puppen so liebhatten, weil sie sich verwandeln konnten.

Und verwandelt hatte sie sich wirklich, diese Puppe. Sie war ein König gewesen und hatte mit einer Krone auf dem Kopfe dagesessen, und sie war das kleine Mädchen des Droschkenkutschers gewesen und hatte mit piepsender Kinderstimme gesprochen. Sie hatte vor gar niemandem Respekt. Sie war Mutter selbst gewesen, wie sie da hinter ihrem Ladentisch stand und Äpfel und Apfelsinen verkaufte, und sie war all die

Frauen und Dienstmädchen gewesen, die in den Keller kamen, um einzukaufen.

Was hatten sie damals für gute Tage im Obstkeller gehabt, er und die Puppe! Sie hatten einen kleinen Schlupfwinkel ganz für sich allein, unter dem Ladentisch, an dem die Mutter stand und Obst und Gemüse verkaufte, ein eigenes kleines Stübchen mit zwei kleinen Schemeln, auf denen sie einander gegenübersaßen und im Flüsterton Gespräche führten, während man über ihren Köpfen kaufte und verkaufte. Der Knabe war früher wütend auf all die gewesen, die in den Kellerladen kamen und ihm seine Mutter wegnahmen. Aber jetzt waren sie ihm ganz willkommen, denn die Puppe verstand es, wie gesagt, sich in sie alle zu verwandeln. Sie ahmte ihre Stimme nach, und sie ging mit ihnen nach Hause und erzählte dann, was der Mann zu der Suppe gesagt hatte, die die Frau von den Kohlblättern und den Pastinaken aus Frau Hernquists Keller gekocht hatte.

Viele von denen, die im Laden aus und ein gingen, pflegten zu sagen, es wäre merkwürdig, zuzuhören, wie der Knabe die Puppe sprechen und antworten ließ. Daraus sah er, daß sie gar nichts von solchen Dingen verstanden, denn es war doch gewiß nicht er, sondern die Puppe, die sich das alles ausdachte. Er suchte wohl den Leuten begreiflich zu machen, wie es sich verhielt, aber nach einigen vergeblichen Versuchen merkte er, daß das ganz unmöglich war.

Die allerschönste der guten Eigenschaften der Puppe kam doch erst zutage, als er anfing, in die Schule zu gehen. Nach dem ersten Vormittag in der Schule war er recht mutlos nach Hause gekommen. Es war doch viel schwerer gewesen, die ersten Buchstaben zu lernen, als er sich vorgestellt hatte. Er hatte sich auf den Ladentisch zur Mutter gesetzt, damit die ihm helfe, aber es war darum nicht besser gegangen.

»Willst du dich nicht zu Laban setzen und dir von ihm das Lesen beibringen lassen?« hatte die Mutter gefragt, aber der Knabe war unschlüssig gewesen, er konnte doch nicht glauben, daß Laban zum Schulmeister taugte.

»Ja, du kannst sicher sein, daß er dazu taugt«, sagte die Mutter. »Er war in all den Jahren, die ich in die Schule ging, mein Lehrer, und ich hatte immer die besten Zeugnisse. Man sprach sogar mit Vater davon, mich Lehrerin werden zu lassen, so fix war ich.«

Als die Mutter dies gesagt hatte, kroch der Knabe unter den Ladentisch zu Laban, der dort auf seinem Schemel saß, und die Mutter gab ihnen ein kleines Kerzenstümpfchen, das sie zwischen sich stellen durften, damit sie die Buchstaben sahen.

»Lehre du ihn jetzt zuerst, dann lehrt er dich«, sagte die Mutter. Man hörte es, daß sie in der Sache zu Hause war.

An diesem Abend bekam der Knabe eine noch höhere Meinung von Laban als früher. Denn seht ihr, die Puppe lernte sofort die Buchstaben. Sie brauchte die Aufgabe nur ein einziges Mal zu hören, dann saß sie ihr so fest im Kopfe, daß man das Licht auslöschen konnte, und sie sagte die ganze Geschichte von vorne nach rückwärts und von rückwärts nach vorne her, ohne auch nur einen einzigen Fehler zu machen.

»Ja, dacht ich mir's nicht, daß Laban dir helfen würde«, sagte die Mutter. »Denke jetzt nur morgen in der Schule an ihn, dann wirst du schon die ganze Aufgabe können.«

Als der Knabe am nächsten Tag in die Schule kam, war er doch sehr ängstlich, weil er glaubte, daß Laban und nicht er die Buchstaben gelernt hatte. Aber als er antworten sollte, hielt er die Gedanken ganz fest auf Laban gerichtet. »So hätte er gesagt«, dachte er. Und er antwortete so gut, daß er von der Lehrerin gelobt wurde. Aber das machte ihm große Sorgen. Er wollte nicht dastehen und ein Lob ernten, das er nicht verdient hatte. Das wäre doch unrecht gegen die andern Kinder gewesen, die keine solche Puppe hatten wie er.

Und schließlich sagte er auch der Lehrerin, wer es war, der die Aufgabe gelernt hatte. Er hatte erwartet, daß sie doch wenigstens verstehen würde, wie es sich mit dieser Puppe verhielt, aber sie lachte ihn nur aus, so daß er das nächste Mal nichts anderes tun konnte, als ihr Lob schweigend entgegenzunehmen.

Die gute Zeit für ihn und die Puppe, die dauerte eigentlich so lange, als er in die Volksschule ging. Immer war es die kluge Puppe, die arbeitete, und der Knabe hatte herrliche, freie Tage ohne alle Mühe und Plage. Nichts veränderte sich, außer daß er eines schönen Tages nicht mehr unter dem Ladentisch Platz fand, und da zogen Laban und er in einen Verschlag hinter dem Kellerladen. Da war ganz hoch oben in der Wand eine Luke, und darunter stellte die Mutter einen Tisch und einen alten Lehnstuhl, der so groß war, daß sie beide darin Platz fanden, er und die Puppe, und da saßen sie nun nebeneinander und lernten die Aufgaben.

Aber was der Kameradschaft ein Ende zu machen drohte, war, daß die Mutter beschloß, den Knaben ins Gymnasium zu schicken.

Seht ihr, man hatte ja schon lange, ja eigentlich seit der Weihnacht, da er die Puppe bekam, davon gesprochen, daß es etwas Merkwürdiges um diesen Knaben war. Die Leute, die mit ihm im Obstkeller plauderten, konnten nicht genug von den lustigen Antworten erzählen, die er ihnen gegeben hatte. Und die Lehrerin in der Volksschule, die konnte sich vor Staunen gar nicht fassen und erinnerte sich nicht, je ein so begabtes Kind gehabt zu haben. Und alle diese, die die große Begabung, die sich im Obstkeller verbarg, mit entdeckt hatten, lagen der Mutter unaufhörlich in den Ohren, den Sohn doch ins Gymnasium zu schicken.

Ihr ging es sehr gegen den Strich. Einerseits wollte sie aus ihrem Sohn kein Herrschaftskind machen, das sich ihr entfremdete, wenn es heranwuchs, und andererseits brauchte sie den Jungen sobald als möglich zur Hilfe im Geschäft. Aber sie wollte ja kein Unrecht gegen ihr eigenes Kind begehen, und da alle von den großen Anlagen sprachen, die erst in einer höheren Lehranstalt zu ihrer rechten Entfaltung kommen konnten, entschloß sie sich endlich zu diesem Schritt.

Nun kann man sich denken, daß die Kameradschaft mit der Puppe nicht mehr so leicht war. Kaum war der Knabe in die erste Klasse gekommen, als die übrigen Schuljungen ihn damit aufzuziehen begannen. Er kämpfte viele Schlachten für sie aus. Und das ging ja an, solange er sie mit den Fäusten verteidigen konnte. Aber es sollten Angriffe kommen, die er nicht auf diese Art zurückschlagen konnte.

Dabei mußte man ja sagen, daß es ihm in der Schule vortrefflich ging. Und dieselbe wunderliche Art, seine Aufgaben zu lernen, hatte er noch beibehalten. Konnte er sich nur einbilden, daß es die Puppe war, die lernte, nicht er, kostete es ihn nicht die geringste Mühe, zu lernen, was es auch sein mochte.

Aber als er in die zweite Klasse kam, erzählte ihm die Mutter eines Tages, daß es Leute gäbe, die sagten, es könnte doch nie ein rechter Mann aus ihm werden, der noch als Zehnjähriger mit Puppen spielte. Andere Knaben pflegten sich nicht so zu benehmen.

Das waren Worte, die sich in sein Herz eingruben. Gegen die konnte er keinen gewappneten Widerstand anwenden. Er machte auch schon am selben Tag einen Versuch, sich der Puppe zu entledigen. Er trug sie auf den Dachboden, aber schon nach ein paar Stunden trug er sie wieder hinab. Er kam mit seinen Aufgaben nicht vom Fleck, wenn er die Puppe nicht neben sich hatte.

Und nun kamen zwei harte Jahre für ihn und die Puppe. Die Leute wollten sie nicht in Frieden lassen.

Ein so vielversprechender Junge, sagte man von ihm, es ist doch wirklich jammerschade, daß er diese lächerliche Gewohnheit hat, noch in seinem Alter mit Puppen zu spielen.

Und die Mutter, die hielt ihn beinahe für einen verlorenen Sohn – nur dieser Puppe wegen. Sie bekam auch mehr von all den Neckereien und Witzen über ihn und die Puppe zu hören als er selbst. Manchmal glaubte der Knabe, daß sie und ihre Bekannten es sich nicht so sehr zu Herzen genommen hätten, wenn er zu trinken oder zu rauchen angefangen hätte, denn das war doch eine Sache, die andere Knaben auch taten. Aber daß ein Junge, der schon zwölf Jahre alt war, seine Puppe behielt, so etwas hatte man noch nie gehört.

Als nun sein dreizehnter Geburtstag herankam, sagte er sich jedoch, daß nun die Grenze erreicht war. Jetzt mußte er die Puppe aufgeben, wenn er die Achtung der Menschen nicht ganz einbüßen wollte. Jetzt riefen ihm die gleichaltrigen Knaben zu, er solle doch lieber mit kleinen Mädeln spielen, er, der noch seine Puppe hatte, und die Mädchen, die steckten die Köpfe zusammen und kicherten, sobald sie ihn nur sahen.

Ja, die Puppe sollte also aus dem Hause, das war eine ausgemachte Sache. Aber da war noch etwas anderes, über das man nicht so leicht ins klare kommen konnte. Nämlich die Frage, wohin die Puppe sich begeben sollte. Es hatte keinen Sinn, es noch einmal mit dem Boden zu probieren, denn er wußte schon im vorhinein, wie das ausgehen würde. Auch konnte er sich nicht entschließen, die Puppe irgendeinem Kind, das er kannte, zu schenken, denn er vermochte sich nicht in den Gedanken finden, daß irgend jemand seiner Bekannten sie, die ihm so lieb war, besitzen sollte.

Er wußte ja, was der beste Ausweg war, aber er mußte ein paar Tage mit sich kämpfen, bevor er sich dazu entschließen konnte. Die Puppe erhob keine Einwände, aber der Knabe war es, der sich nicht überwinden konnte, diesen äußersten Schritt zu tun.

Es sah aus, als sollte nichts aus der Trennung werden, und es wäre wohl auch nicht dazu gekommen, wenn die Puppe selbst sich nicht in die Sache gemischt hätte. Die machte eines Abends ein ganz beleidigtes

Gesicht und ließ ihn wissen, daß sie ihm nach all den guten Jahren, die sie miteinander gehabt hatten, nicht zum Schaden gereichen wollte; und wenn der Knabe sich nicht endlich doch noch entschließen konnte, sie ziehen zu lassen, so würde sie schon einen andern zu finden wissen, der ihr forthelfen wollte.

Da war der Junge nun auch beleidigt und versprach, daß er Ernst in der Sache machen würde. »Ich werde schon dafür sorgen, daß du irgendwohin kommst, von wo du nie zurückkommen kannst«, sagte er.

Am nächsten Tage stand er ganz früh auf, rollte die Puppe in ein großes Zeitungspapier und ging mit dem Paket unter dem Arm auf die Straße. Zuerst begab er sich zu einem Platz, wo man eben den Grund zu einem Hause sprengte, und da hob er einen großen Stein auf, den er in der Hand behielt. Dann lenkte er seine Schritte zu einem der großen Kanäle in der Nähe des Hafens.

Es war ein wunderbar schöner Morgen, in den er hinaustrat. Er erinnerte sich nicht, je etwas Ähnliches erlebt zu haben. Es war die mildeste Frühlingsluft, voll Duft und Würze, lichtes Grün auf den Bäumen und leichte Frühlingswölkchen am Himmel. Auch sah er eine Menschenschar nach der andern aus den Häusern kommen und zum Hafen hinuntergehen. Sie waren in Reisekleidung und hatten Eßkörbe, Plaids, Feldstecher und Tennisschläger mit. Sie wollten bei diesem herrlichen Frühlingswetter Ausflüge nach den Villen- und Badeorten machen.

Wie froh und glücklich sie alle miteinander zu sein schienen. Der Knabe wünschte, er wäre einer von ihnen gewesen.

Da glaubte er zu hören, wie der alte Freund, den er in dem Pakete hatte, ihm eine letzte Ermahnung gab: »Kümmere dich nicht um sie«, sagte er. »Du kannst sicher sein, daß sie auch ihre Sorgen haben, sie gerade so gut wie wir alle.«

»Da kannst du wohl recht haben«, sagte der Knabe,

»aber ich glaube doch nicht, daß einer von ihnen es so schwer hat wie ich. Oder hältst du es für möglich, daß ein einziger von ihnen auf dem Wege ist, seinen besten Freund zu ertränken, so wie jetzt ich?«

Endlich waren sie am Ziel ihrer traurigen Wanderung angelangt, und der Knabe blieb auf dem Kai des Hafenkanals stehen. Da legte er die Puppe auf den Boden, wickelte sie aus der Umhüllung und begann, ihr eine Spagatschnur um den Hals zu knüpfen.

Im nächsten Augenblick sollte die Puppe also auf dem Kanalgrunde liegen, zwischen Leichen von jungen Hunden und Katzen, und das schmutzige, gelbgrüne Kanalwasser sollte über sie hinfließen. Das war also der Lohn, der ihr für all ihre Treue und alle ihre Dienste zuteil werden sollte.

Plötzlich hörte der Knabe auf, die Schnur zu knüpfen. Er schleuderte den mitgebrachten Stein in den Kanal, aber ohne die Puppe. »Nein, das ist unmöglich«, sagte er. »Das geht nicht. In so gräßlicher Weise kann ich mich deiner nicht entledigen, Laban.«

Er stand da und starrte recht ratlos vor sich hin. Mit den Blicken folgte er neuen Gruppen von Lustreisenden, die zum Meere hinunterwanderten.

Während er ihnen so nachsah, kam der Puppe plötzlich eine Idee. »Wir sind doch rechte Esel gewesen, du und ich, Fritz«, sagte sie, »daß uns etwas so Einfaches nicht früher eingefallen ist. Du hast wohl schon ganz vergessen, wie es im alten Griechenland zuging? Wenn sie ihre guten und edlen Mitbürger nicht im Lande behalten wollten, so fiel es ihnen doch nicht ein, sie zu töten, sondern sie sandten sie in die Verbannung.«

»Nein, was bist du doch für ein Meister, du Laban«, rief der Knabe. »Ich verstehe schon, was du meinst. Ja, in dieser Weise kann ich mich doch eher von dir trennen.«

Er fand den Gedanken so vortrefflich, daß er sich für den Augenblick fast über die Trennung getröstet fühlte. In aller Eile hüllte er die Puppe wieder in die Zeitung und ging hinter ein paar Reisenden her, die auf dem Wege zum Hafen waren. Es war eine ganze Familie: Mann, Frau und eine große Kinderschar.

»Vielleicht wird eines dieser Kinder Beschlag auf dich legen, Laban«, sagte er.

Im selben Augenblick sah er den Hafen, wo ein großes weißes Schiff dalag und seinen Dampf in die Luft stieß. Es hieß »Oskar Dickson«, und er wußte, daß es zwischen Gothenburg und Christiania hin und her fuhr und unterwegs an einer ganzen Menge von Orten anlegte.

Er eilte hinunter und sprang an Bord. Niemand hinderte ihn. Man glaubte, daß er einem der Passagiere noch ein Paket zu bringen hatte. Unten im Achtersalon nahm er die Puppe wieder aus der Zeitung und setzte sie auf eines der roten Plüschsofas. Er knipste noch ein paar Stäubchen von der Bluse und setzte die Mütze richtig auf.

»Wenn wir gewußt hätten, daß du eine so lange Reise antreten mußt, hätten wir schon dafür gesorgt, Mutter und ich, daß du etwas Neues zum Anziehen hast. Aber das ist ja einerlei. Du bist doch auf jeden Fall die allerbeste aller Puppen, die es in der Welt gibt. Und es kommt sicher bald jemand, der sich deiner annimmt. Glückliche Reise! Adieu! Adieu!«

Er wagte es nicht, den Abschied noch zu verlängern, sondern sprang auf das Verdeck. Er war gar nicht ängstlich, wie es der Puppe ergehen würde. Er zweifelte keinen Augenblick, daß, sobald eines der Kinder, die sich an Bord des Dampfschiffes befanden, die Puppe erblickte, es auch ihre guten und großen Eigenschaften entdecken und eine solche Liebe zu ihr fassen würde, daß es gar nicht anders konnte, als sie mit nach Hause zu nehmen.

Er glaubte triftigeren Grund zur Angst für sich selbst zu haben, denn es war sehr ungewiß, wie es ihm nun ergehen würde, wenn er diesen klugen

Freund, der ihm raten und helfen konnte, nicht mehr hatte.

Kaum war er wieder auf festem Lande, als er sich nach der Puppe zu sehnen begann und bereute, daß er sie von sich gelassen hatte. Es wäre besser gewesen, alle Sticheleien zu ertragen, als einen solchen Schatz hinzugeben. Aber er kehrte doch nicht um, um die Puppe wiederzuholen. Ein so ängstliches Gefühl hatte man wohl immer, wenn jemand, den man liebhatte, fortreiste. In ein paar Stunden würde es sich schon geben.

Aber wie er so nach Hause ging, verfolgte ihn das Gefühl, daß er etwas Wertvolles und Großes hingegeben hatte, und das wollte nicht weichen, im Gegenteil, es wuchs und wurde zu einem heftigen Groll gegen all jene, die die Puppe nicht hatten in Frieden lassen wollen. Als er später am Vormittag in die Schule kam, bereitete es ihm eine Art von Genuß, zu fühlen, daß er so stumpf war, daß er keine einzige Frage richtig beantworten konnte. Ja, seht nur, wie es geht, dachte er. Hättet ihr mich nicht meine Puppe behalten lassen können?

Es war gewiß ein großes Unrecht, das man gegen ihn begangen hatte. Er konnte sich daheim ebensowenig zurechtfinden wie in der Schule. Den kleinen Verschlag, wo die Puppe und er sich so wohlgefühlt hatten, fand er jetzt so dunkel und armselig, daß er es darinnen nicht aushalten konnte. Er mußte seine Zuflucht zur Gasse nehmen, und da trieb er sich den ganzen Abend herum, ohne zu lernen oder zu rechnen. »Ja, seht nur«, sagte er wieder, »so wird es alle Tage gehen. Warum ließ man mich nicht den Gefährten behalten, der es mir zu Hause so schön machte?«

Die ganze Woche verging, ohne daß der Knabe in bessere Laune kam. Die Mutter tat, was sie konnte, um ihn aufzumuntern, aber mit geringem Erfolg. Gegen sie war er noch unfreundlicher als gegen die andern, denn er fand, daß wenigstens sie, die ihm doch selbst die Puppe gegeben hatte, auch ihre Partei hätte nehmen müssen und nicht zulassen durfte, daß er sich ihrer entledigte.

Er hatte die größte Lust, zum Hafen hinunterzugehen, aber er kämpfte mit aller Macht dagegen an und lenkte seine Schritte nie nach dieser Richtung. Die Puppe war ja dahin und verloren, das wußte er. Es wäre nur so gewesen, wie wenn man ein Messer in einer Wunde herumdreht, wenn er dort hinuntergegangen wäre und sich den »Oskar Dickson« und das leere Plüschsofa im Dampfschiffsalon angesehen hätte.

Gegen Ende der Woche hatte der Knabe wohl die ärgste Bitterkeit gegen die Mutter überwunden und sich wieder etwas freundlicher gegen sie gezeigt, so daß sie eines Nachmittags den Mut faßte, ihn zu bitten, zum Hafen hinunterzugehen und ihr ein paar Bund Spargel zu holen, die sie mit einem Schärenboot erwartete.

Der Knabe wurde zuerst rot und dann blaß, als sie ihn darum ersuchte. Zuerst wollte er ein schroffes Nein zur Antwort geben, aber dann stieg eine so starke Sehnsucht in ihm auf, wieder dort hinunterzukommen, daß er nicht dagegen ankämpfen konnte. Nun meinetwegen, dachte er, Mutter will es ja selbst. Er fühlte wohl, daß in ihm eine Hoffnung war, die nur auf die Gelegenheit lauerte, an Bord des Dampfschiffes zu kommen und nachzusehen, wie es dort stand. Aber er unterdrückte sie mit der unwiderleglichen Behauptung, daß eine solche Puppe wie Laban nicht so viele Tage ohne Besitzer hatte bleiben können. Es war nicht anders möglich, jemand hatte sie sich angeeignet.

Aber als er nun mit seinem Korb in der Hand zum Hafen hinunterkam, war das erste, was seinen Blicken begegnete, der Dampfer »Oskar Dickson«. Er schien soeben angekommen zu sein, denn der Landungssteg war gerade ausgelegt, und die Passagiere begannen ans Land zu strömen.

»Du bist doch das größte Rindvieh auf Gottes Erd-

Madonna mit Kind, Johannes dem Täufer und einer Heiligen (Sacra Conversazione Giovanelli, 1500–04)
Venedig, Gallerie dell' Accademia

Die Weisen aus dem Morgenland (Matth. 2, 1–12)

boden«, sagte der Junge zu sich selbst. Aber in der nächsten Sekunde drängte er sich doch über den Landungssteg. »Es hat doch gar keinen Zweck, das weißt du doch«, sagte er wieder, aber er lief doch über das Verdeck, »nein, darin liegt doch nicht die geringste Vernunft«, fuhr er fort, während er die Treppe hinuntereilte und in den Salon guckte.

Aber es war wohl doch nicht so ganz ohne Vernunft, denn wer saß ganz oben in der Ecke des plüschbezogenen Sofas, wenn nicht seine eigene, heißgeliebte Puppe?

Der Knabe wollte seinen Augen nicht trauen. Konnte das wirklich sein eigener Laban sein, der da saß? Ja, er war es ja doch, das fühlte er schon daran, daß sein Herz einen heftigen Sprung machte und dann wieder auf seinen rechten Platz kam. Im selben Augenblick begriff er auch, warum ihm die ganze Zeit, die die Puppe fortgewesen war, so schrecklich zumute gewesen war. Das war das Herz, das nicht am rechten Fleck gewesen war. Aber jetzt, wie er nur die Puppe erblickt hatte, war alles wieder ganz gut.

Mit zwei Sätzen hatte der Knabe die Puppe erreicht. Er machte nicht viel Federlesens mit ihr, er stopfte sie nur in seinen Korb und knüllte sie zusammen, so daß er den Deckel zubrachte. Und dann ging es mit ihnen beiden heimwärts.

Auf dem ganzen Wege lachte er in sich hinein und trällerte, er konnte es nicht lassen. Ja, so war es wohl Menschen zumute, wenn sie sagten, daß sie glücklich wären, der Knabe hätte nie geglaubt, daß das so hübsch sein könnte.

Er freute sich sogar, daß er die Puppe ausgesetzt hatte, denn wenn er nicht die ganze Woche lang von ihr getrennt gewesen wäre, hätte er ja auch die große Freude des Wiedersehens nie kennengelernt.

Als er durch den Kellerladen ging, eilte er nicht stumm und mürrisch an den Kunden vorbei wie in letzter Zeit, sondern er stellte seinen Korb nieder, legte der dicksten Madam den Arm um den Leib und küßte sie.

Das war nun als eine kleine Freundlichkeit gemeint, und wenn auch die Dicke und die andern nach ihm schlugen, so nahmen sie es doch auch für nichts anderes. »Ja, jetzt ist er wieder guter Laune«, sagten sie. »Wir wußten ja, daß er nicht sein Leben lang wegen einer Fleckchenpuppe den Kopf hängen ließe.«

Der Knabe hielt sich nicht auf, um ihnen zu erklären, was ihn so verändert hatte. Er nahm den Korb in seinen Verschlag mit, packte die Puppe aus und setzte sie mit großer Feierlichkeit in dem Stuhl zurecht. Und zugleich nahm alles um ihn sein gutes, vertrautes Aussehen wieder an. Es war die Puppe, die all das Behagen und die Traulichkeit mitbrachte.

»Du machst dir wohl gar nichts daraus, wieder zu Hause zu sein, Laban?« sagte der Junge. »Du hattest es wohl auf dem Dampfschiff ebenso gut?«

Er plauderte in einem fort. Die Puppe mußte hören, wie elend er es gehabt hatte und wie schlecht es mit dem Lernen gegangen war. Von Zeit zu Zeit unterbrach er seine Klageweisen und neckte die Puppe, weil gar niemand Beschlag auf sie gelegt hatte.

Er wartete keine Antwort ab, sondern ging gleich zu etwas anderem über. »Weißt du was?« sagte er, »jetzt, wo ich dich wiederhabe, halte ich es nicht aus, so träge und dickschädlig zu sein, wie ich die ganze Woche war. Wir müssen uns jetzt ordentlich hineinlegen, damit ich die Kameraden einhole.«

Es kam ein solcher Arbeitseifer über ihn, daß er schon in der nächsten Minute mit dem Kopf über ein Buch gebeugt dasaß. Und das war wahrlich nur ein Vergnügen jetzt, wo Laban neben ihm saß. »Erinnerst du dich an dies und an das?« fragte er die Puppe. »Kannst du mir dieses Problem lösen?« Und es ging alles wie im Spiel. Die Puppe durchschaute sofort die allerverwickeltsten Aufgaben. Das Ganze war eitel Lust und Freude.

Nach einiger Zeit konnte er sich das Vergnügen nicht versagen, die Puppe wieder ein bißchen zu nekken.

»Denk mal, daß dich gar niemand haben wollte, Laban! Denke, daß du die ganze Woche allein in der Sofaecke sitzengeblieben bist! Das hättest du wohl nie gedacht?«

Während er so mit der Puppe scherzte, sah er etwas aus ihrer Bluse, aus dem Halsausschnitt, ragen. Er beugte sich vor und zog ein kleines, viereckiges Blättchen heraus. Es war eine Amateurfotographie, die ein kleines Mädchen mit blonden Locken, langen Wimpern und einem kleinen, kleinen Mündchen vorstellte.

»So, Laban, bist du ein solcher Spitzbub«, rief der Knabe. »Also diese kleine Schönheit hat dir auf dem Boot Gesellschaft geleistet. War sie ganz verliebt in dich, sag'? Hast du das von ihr bekommen, als sie ans Land ging, damit du sie nicht vergißt?«

Der Knabe glaubte zu merken, wie ein Lächeln über das ernste Gesicht der Puppe huschte. »Siehst du, ich hätte jetzt für immer von dir geschieden sein können, wenn ich gewollt hätte«, schien es zu sagen. »Aber ich bin treuer als du, ich bin zu dir und dem Kellerloch und den Aufgaben zurückgekehrt, trotz allem, was mich in die weite Welt hinausgelockt hat.«

Es war ein glücklicher Nachmittag, und ihm folgten viele glückliche Tage. Aber dann – – – ja, es mag genug sein, zu sagen, daß, als ein halbes Jahr vergangen war, sie sich wieder so ziemlich in derselben Lage befanden wie im Frühling. Die Leute hatten entdeckt, daß die Puppe zurückgekommen war, und gleich hatte man wieder angefangen, den Knaben auszulachen. Er merkte es, und er konnte es nicht ertragen. Er sah ein, daß er ja doch einmal gezwungen sein würde, sich von der Puppe zu trennen.

Niemand kann behaupten, daß er es leichten Herzens tat. Es kam ihm fast schwerer an als das erstemal, denn jetzt wußte er besser als damals, was er verlor, wenn er die Puppe fortschickte. Aber andererseits war er jetzt älter, und er empfand es tiefer als früher, daß man ihn beinahe als einen rettungslos Entgleisten betrachtete.

Es mag genug sein, zu erzählen, daß der Knabe eines Nachmittags im Spätherbst die Puppe nahm und sich mit ihr in eine Straßenbahn setzte. Er fuhr ein Stück mit der Puppe, dann stand er mit gleichgültiger Miene auf und ließ sie im Wagen zurück, so, als hätte er sie vergessen.

Kaum war der Wagen weitergefahren, als derselbe Mißmut über ihn kam wie das frühere Mal, wo er die Puppe weggeschickt hatte. Er konnte sich nicht entschließen, nach Hause zu gehen, sondern trieb sich niedergeschlagen auf der Straße herum.

Nein, wie hatte er doch die Schule und die Schularbeit satt! Wenn er die Puppe nicht hatte, die alles zu einem Spiel machte, konnte er es gar nicht ertragen, an all diese Aufsätze und Probleme zu denken.

Er bummelte herum, bis es Zeit zum Schlafengehen war. Als er endlich heimkehrte und die Treppe hinunterging, die in den Keller führte, stolperte er über einen Gegenstand, der auf der obersten Treppenstufe lag, und wäre fast darübergefallen.

Im selben Augenblick, in dem er ihn mit dem Fuße berührte, wußte er auch schon, was es war, und ein Beben der Freude durcheilte ihn. Er bückte sich rasch und tastete mit den Händen. Ja, es war Laban.

»Es sieht aus, Laban, als wolltest du mich gar nicht verlassen«, sagte er, und die Stimme klang ärgerlich, aber eigentlich war er ganz selig, daß die Puppe zurückgekommen war.

Es nahm ihn nicht so sehr wunder, daß auch dieser Versuch mißlungen war. Es gab vielleicht nicht viele Leute in der Stadt, die so bekannt waren wie seine Puppe. Vermutlich hatte einer der Kunden seiner Mutter sie in der Straßenbahn erkannt und sie ihm heimgebracht.

Der Knabe stand auf der dunklen Treppe und fuhr mit der Hand über die Puppe, wie um sich zu vergewissern, daß sie sein eigener Laban war. Dabei merkte er, daß auf dem Rücken der Puppe ein Papier befestigt war.

»Was ist denn das?« sagte er. »Was ist denn das, was du mitgebracht hast? Letzthin kamst du mit einer Fotographie, das hier ist wohl ein Liebesbrief?«

Der Junge sah durch die Glastür des Ladens, daß die Mutter dort auf und ab ging, und es war ihm ein wenig peinlich, ihr zu zeigen, daß er noch einmal mit der Puppe nach Hause kam. Er wollte darum abwarten, bis sie in die Küche ging, so daß er unbemerkt zu sich hineinkommen konnte, und inzwischen löste er das Papier ab und lief zu einer Gaslaterne, um zu sehen, ob etwas darauf geschrieben stand.

Ja, allerdings. Das stand fürs erste sein eigener Name und darunter ein kleines Verschen:

Hör', mein Büblein, diesen Spruch,
Gucke fleißig stets ins Buch,
Laß von Knaben, welche saufen,
Fluchen, spielen und auch raufen,
Nie und nimmer dich verlocken,
Sondern bleib bei deiner Docken.

Nun, er war ja nur ein Kind, und als er den alten Fibelvers in dieser Weise verwandelt und gegen sich gerichtet las, nahm er das nicht als den unschuldigen Spaß, der es im Grunde war, sondern er betrachtete es als eine sehr große Beleidigung. Er wurde ganz starr vor Wut, daß man es wagte, ihn in dieser Weise zu hänseln.

Jetzt dachte er gar nicht mehr daran, die Puppe mit nach Hause zu tragen. Er mußte sie gleich fortschikken, im selben Augenblick, und diesmal wollte er es so tun, daß sie nie wiederkehrte.

Es blieb ihm nicht viel Wahl, und es dauerte auch nicht lange, so war er auf dem Wege zur Eisenbahn.

Als er den Perron betrat, stand gerade ein Zug zur Abfahrt bereit, und ehe er sich noch ganz Rechenschaft gegeben, was er tat, hatte er die Puppe in ein Coupé gesetzt und sie in die weite Welt hinausgeschickt, er wußte selbst nicht, wohin.

Und diesmal schien die Puppe wirklich verschwunden zu sein. Eine Woche nach der andern verging, ohne daß der Knabe etwas von ihr wußte. Und so allmählich hörte er beinahe auf, sich nach ihr zu sehnen. Sie wurde aus seinen Gedanken entführt, wie so vieles andere.

Es ist ja mit Kindern oft so, daß sie irgendeinen Sündenbock suchen, dem sie die Schuld für all das Mißgeschick aufbürden können, das sie trifft. Und was den Knaben betrifft, so war er noch so sehr Kind, daß er, als es ihm jetzt in der Schule so schlecht zu gehen anfing und er in keiner Weise mit den Kameraden Schritt halten konnte, sich damit entschuldigte, daß er seine Puppe verloren hatte.

Er war jetzt nicht träge und fahrlässig. Er war vielmehr bestrebt, sich obenzuhalten, aber er konnte sich nicht verhehlen, wie rettungslos er zurückging.

Die Lehrer schüttelten den Kopf, wenn sie seine Aufsätze durchsahen und fragten, ob er krank sei oder ob er viel gestört würde, wenn er zu arbeiten hatte. Dem Knaben konnten bei diesen wohlwollenden Fragen die Tränen in die Augen kommen. Er hätte gerne geantwortet, daß alles nur daher kam, daß man ihn seine Puppe nicht hatte behalten lassen. Aber er biß die Zähne aufeinander und schwieg.

Der Klassenvorstand ging zur Mutter, um mit ihr über den Knaben zu sprechen, der gar nicht mehr imstande war, in der Schule mitzukommen. Er konnte nicht begreifen, was in den Jungen gefahren war, er war doch früher der Erste in der Klasse gewesen. Vielleicht wäre es angezeigt, ihn eine Zeitlang aussetzen zu lassen.

Und dann fragte die Mutter ihn selbst, was ihm denn

fehle, und ob er gerne für ein paar Wochen Ferien haben wolle, um sich auszuruhen.

»Das nützt nichts«, sagte der Knabe. »Mir wird es in der Schule nie mehr gut gehen, und wenn ich mich noch so lange ausruhe.« Und als er das gesagt hatte, lief er zur Türe hinaus, weil er fühlte, daß er in Tränen ausbrechen mußte.

Ein paar Tage später geschah etwas, das ihn mehr belebte als noch so lange Ruhe. Er las nämlich in einer Zeitung von einer großen Puppe, die die Eisenbahner einander zum Spaß in ihren Zügen hin und her schickten.

Vom ersten Augenblick an war er überzeugt, daß das niemand anderes sein konnte als Laban, von dem da die Rede war. Was war das doch für eine Puppe! Wo immer sie sich zeigte, wurde es lustig und fröhlich um sie.

Sicherlich erinnern sich viele hier im Lande heute noch an den lustigen Spaß mit der reisenden Puppe.

Man kann sich denken, daß die Sache so angefangen hatte, daß irgendein lustiger Stationsbeamter, der in einem Coupé eine einsam dasitzende Puppe fand, sie mit auf die Station nahm, ein Verslein auf einen Zettel schrieb und sie mit dem Poem an der Brust in eine andere Station schickte. Um den Spaß noch besser zu machen, hatte er an einen Kollegen in dem neuen Bestimmungsort ein Telegramm abgesandt:

»Herr Laban kommt mit dem Schnellzug. Bitte ihn gut zu empfangen.«

Herr Laban! Wer war Herr Laban! Das gab ein Staunen auf der Station, wo er erwartet wurde. Der Stationsinspektor, der Buchhalter und der Bagageverwalter standen auf dem Perron, um ihn zu empfangen. Als der Zug kam, bemühte sich alles, herauszubekommen, welcher der Reisenden Herr Laban sein konnte. Aber da man nicht klug daraus wurde, mußte man den Kondukteur fragen.

»Es soll doch ein Herr Laban mit dem Zug ankommen? Wo steckt er denn? Wir sollen ihn doch empfangen.«

»Herr Laban«, sagte der Kondukteur, »ach so, er soll hier aussteigen? Ja, er fährt erster Klasse. Ich will gleich gehen und es ihm sagen.«

Und gleich darauf erschien er mit der großen Fleckchenpuppe in den Armen. Man kann sich denken, mit welchem Jubel sie aufgenommen wurde.

Dann fand jemand, daß das ein viel zu guter Spaß war, um ihn nicht weiterzuspinnen. Die Puppe wurde also mit neuen Versen ausgerüstet, die neben den alten befestigt wurden, und dann bekam sie ein Cachenez, damit sie doch reisemäßiger aussah. Hierauf wurde sie wieder in den Zug gesetzt, und man telegrafierte an die nächste Station, um ihre Ankunft anzukündigen.

Da wiederholte sich die Geschichte. Aber da nun die Puppe bald ganz mit Papierzetteln bedeckt war, fiel jemanden ein, sie mit einer Reisetasche zu versehen, wo sie ihre Aktenstücke verwahren konnte.

Auf diese Weise fuhr die Puppe rings um das Land, von Station zu Station. Die Telegramme, die sie ankündigten, wurden immer pompöser, und sie wurde immer feierlicher empfangen, je weiter sie herumkam. Die guten Leute in den Stationen konnten sich gar nicht genug tun. Sie reiste auch gerade in der Weihnachtszeit, wo alle freigebig und erfinderisch sind, und bald hatte es mit der Tasche und den schönen Versen nicht mehr sein Bewenden, sondern sie bekam so allmählich eine ganze Ausrüstung. Schließlich hatte sie einen Ulster und einen Nachtsack, eine Brieftasche und ein Portemonnaie. In den Taschen hatte sie Zigaretten und Zündhölzchen, Sacktuch, Federmesser, Taschenkamm, Bürsten, Tüten mit Pralinées und Karamels. Sie hatte eine eigene Reisedecke, um sie über die Knie zu breiten, wenn sie sich auf dem Sofa ausstrecken wollte, und eine besondere Reisemütze, die sie nur trug, wenn sie im Zug saß.

Man kann sich denken, daß dieser Spaß, als er eine Zeitlang gedauert hatte, auch in den Zeitungen besprochen wurde, und so erfuhr das große Publikum von diesem Weihnachtsscherz der Eisenbahner. Und da kriegte das große Publikum auch Lust, mitzuspielen. Und es kam so weit, daß, wenn ein Telegramm, daß Herr Laban kommen sollte, an einem Ort eintraf, große Volksmassen sich an der Station einfanden, um ihn zu empfangen, sich die wunderbare Reiseausstattung anzusehen oder die Verse zu lesen.

Einige davon wurden auch in der Zeitung abgedruckt, und durch eines dieser Verslein gelangte der Knaben zur vollen Gewißheit, daß es seine Puppe war, die so großen Ruhm erlangt hatte.

Der Vers lautete so:

Ich bin ein armer Laban, ich esse niemals Brot,
Ich kann nicht gehn, ich kann nicht stehn, doch leid ich keine Not.
Denn in der schönen Eisenbahn, da fahr ich Tag für Tag.
Ich bin bald hier, ich bin bald dort,
Man hat mich lieb an jedem Ort.
Mit niemand tauschen mag.

Ja, das hatte der Knabe von ersten Augenblick an gewußt. Es war seine Puppe. Darüber konnte ja kein Zweifel sein. Es konnte ja auch kaum noch eine Puppe auf der Welt geben, die Laban hieß. Und übrigens hätte sich auch keine andere Puppe einen solchen Spaß ausdenken können. Die Eisenbahner glaubten vielleicht, daß einer von ihnen den Einfall gehabt hätte, sie hin- und herzuschicken, aber der Knabe wußte es besser. Alles, von Anfang bis zu Ende, war die eigene Erfindung der Puppe. Denn so war sie. Jetzt mußten die Leute doch einsehen, wie bitter es für ihn gewesen war, sich von ihr zu trennen.

Er konnte sich nicht genug wundern, daß niemand die Eisenbahner wegen der Puppe auslachte. Im Gegenteil, alle schienen ihnen dankbar zu sein, weil sie sich diesen Spaß gemacht hatten, der das ganze Land amüsierte. Es sah aus, als wären alle Menschen freundlicher gegen diese Leute gestimmt, die sie sonst nur mit ernsten Amtsmienen sahen, weil sie jetzt zeigten, daß sie so wie alle andern einen kleinen Scherz liebten. Das hätte man ihnen gar nicht zugetraut.

Nein, dieses Mal hatte die Puppe nur das eine Pech, zuviel Glück zu haben. Es wurde soviel über sie in den Zeitungen geschrieben, und es gab ein solches Gedränge in den Stationen. Da kriegten die neuen Gönner den ganzen Rummel satt. Es hatten sich soviel Unberufene in das Spiel gemischt, daß es ihnen gar keinen Spaß mehr machte.

Solange der Knabe jeden Tag von der Puppe las und hörte, hatte er förmlich aufgelebt und war wieder der alte geworden. Aber dann wurde es still um sie, und damit versank er wieder in seine frühere Apathie.

Im Frühling las er einmal eine Notiz über seinen alten Freund. Darin wurde erzählt, daß die große Puppe, Eisenbahnlaban genannt, die zu Weihnachten soviel Aufmerksamkeit erregt hatte, jetzt von den großen Kindern, die mit ihr gespielt hatten, völlig vergessen war. Sie lag jetzt in einem Gütermagazin der hiesigen Eisenbahnstation, ihrer ganzen Ausrüstung beraubt.

Der Knabe wurde sehr nachdenklich, als er dies las. Die Puppe war also in seiner Nähe, und er konnte sie wieder haben. Aber er schob die Zeitung von sich weg. Nein, nein, er wollte nicht. Er wußte, wie es enden würde, und er wollte nicht noch einmal dasselbe durchmachen.

Als er am nächsten Tag um die Mittagszeit von der Schule heimkam, nickte ihm die Mutter mit einer vielsagenden Miene zu, als er an ihrem Ladentisch vorbeikam. So sah sie immer aus, wenn es ihr geglückt war, ihm etwas zu verschaffen, von dem sie wußte, daß er sich darüber freuen würde.

Als er in seinem Verschlag kam, saß Laban im

Lehnstuhl. Die Mutter hatte also auch in der Zeitung von der Puppe gelesen, und sie war zum Bahnhof gegangen, um sie ihm zu holen. Sie hatte schließlich doch eingesehen, wie notwendig diese Puppe für ihn war.

Aber nun geschah das Merkwürdige, daß, als der Knabe die Puppe, nach der er sich den ganzen Winter gesehnt hatte, da im Lehnstuhl auf ihrem gewohnten Platz sitzen sah, ihn eine Wut packte, die er nicht beherrschen konnte.

»Wie kannst du dich unterstehen, noch einmal zurückzukommen?« rief er der Puppe zu. »Du weißt doch, daß ich dich nicht behalten kann! Glaubst du, ich will das das, was ich um deinetwillen gelitten habe, zum vierten Male durchmachen?«

Denn was half es, daß die Mutter jetzt endlich begriff, welche Macht die Puppe hatte? All die andern, all die Nachbarn im Viertel, alle Kinder und alle Erwachsenen, alle Lehrer und Schulkameraden hatten die Puppe noch nicht verstehen gelernt und würden es auch nie.

Er packte die Puppe am Nacken wie eine junge Katze, und ohne sich darum zu kümmern, daß die Mutter mit dem Mittagessen auf ihn wartete, stürzte er mit ihr davon.

Nach einer Stunde kehrte er zurück. Und diesmal fühlte er eine wunderliche Ruhe. Jetzt wußte er, daß er den rechten Ausweg gefunden hätte. Jetzt würde die Puppe ihm nie mehr unter die Augen kommen.

Jetzt hatte er sie dahin gesandt, wo sie bleiben würde. Es war schade, daß ihm das nicht vorher eingefallen war. Er hätte dann früher Ruhe gehabt, hätte nicht soviel mit ihr durchmachen müssen.

»Was hast du denn mit der Puppe angefangen?« fragte die Mutter, als er heimkam.

»Ich habe sie dahin geschickt, von wo sie nie zurückkommen wird«, sagte der Knabe, »wer sie jetzt nimmt, der kann sie auch behalten.«

»So«, sagte die Mutter.

Mehr sagte sie nicht, sie sah nur erstaunt den Sohn an, aber der fuhr mit großem Freimut fort: »Und jetzt, Mutter, will ich aufhören, ins Gymnasium zu gehen. Es hat gar keinen Zweck, wenn ich hingehe. Ich konnte ja den Freund nicht behalten, der mir geholfen hätte, etwas Besonderes zu werden, und da habe ich ja dort nichts zu suchen.«

»Was willst du denn anfangen?«

»Ich will dir im Geschäft helfen.«

Die Mutter sah ein bißchen unsicher aus: »Du kannst doch schließlich nicht wissen, ob die Puppe nicht noch einmal zurückkommt«, sagte sie.

»Nein, Mutter«, sagte der Knabe, »jetzt werden wir sie nie mehr wiedersehen. Das fühle ich.«

»Aber was hast du denn mit ihr angefangen?« fragte die Mutter.

»Ich habe sie an Bord des großen Auswandererschiffes gesetzt, das heute im Hafen liegt«, sagte der Knabe.

»Ja dann«, sagte die Mutter, und war sofort ebenso überzeugt wie er, daß nun alles aus war. Nun konnte die Puppe nie mehr wiederkommen. »Ja, wenn du sie nach Amerika geschickt hast, dann kannst du morgigen Tags im Laden anfangen«, sagte sie. »Jetzt sehen wir sie nie wieder.«

»Nein, jetzt kommt sie wohl in ein Land, wo man seine Puppen behalten darf«, sagte der Knabe.

So kam der Knabe in das praktische Leben. Jetzt ist er ein erwachsener Mann und trauert nicht mehr um die Puppe. Aber er erzählt gerne von ihr.

Einmal hatte er das Glück, unter seinen Zuhörern einen Gelehrten zu haben, einen Archäologen, und dieser interessierte sich sehr für die Geschichte.

»Wissen sie was«, sagte er. »All dem liegt schon etwas zugrunde. Die Puppe, ist sie nicht die Begleiterin der Menschheit von ihrer frühesten Kindheit an? Wer weiß, wieviel wir ihr zu verdanken haben? Und der gelehrte Mann begann eine Auseinandersetzung über die Puppe als diejenige, deren Aufgabe es gewesen war, die ungeahnten Anlagen des unzivilisierten Menschen auszulösen. War nicht im selben Augenblick, in dem die erste Puppe aus einem Lehmklumpen oder vielleicht aus etwas zusammengerolltem Gras geformt wurde, die Fantasie geboren worden und mit ihr das Spiel, die Dichtung, die schönen Künste? Das Beste, was wir besitzen, das, worauf wir am stolzesten sind, ist es nicht die Fähigkeit des Schaffens, und wer hat diese Fähigkeit in so hohem Grade entwickelt wie die Puppe? Man würde es schon einmal sehen, wenn erst ihre Geschichte geschrieben würde. Sie hat im Leben so mancher unserer großen Männer eine Rolle gespielt.«

Ein andermal hörte ein junger Schriftsteller den Mann. Der geriet geradezu in Zorn und überschüttete ihn mit Vorwürfen: »Sie Unglücksmensch, was haben Sie getan? Eine solche Puppe über den Atlantischen Ozean zu schicken? Begreifen Sie denn nicht, welchen königlichen Gast Sie da in Ihrem Kellerloch hatten? Spott, Verleumdung, was ist das dagegen, das Göttergeschenk der Fantasie verkörpert unter seinem Dach zu haben? Warum ließen Sie sie nicht wenigstens mir oder einem meinesgleichen? Aber sie zu diesen Amerikanern zu schicken, das ist verbrecherisch, das ist eine vaterlandsfeindliche Haltung! Sollen sie uns denn alles nehmen! Unter allen Emigranten, die über das Weltmeer gefahren sind, können wir Ihre Puppe am allerwenigsten entbehren.«

Bei einer andern Gelegenheit, als der Mann seine Geschichte einigen gewöhnlichen, eigentlich ganz ungelehrten Leuten erzählte, rief einer unter ihnen:

»Ich möchte doch wissen, wie es der Puppe drüben ergangen ist und ob sie noch immer so vortrefflich ist. Sie sollten eine Annonce in eine dortige Zeitung geben und fragen, ob sie nicht jemand gesehen hat. Wenn sie noch so ist, muß sie sich doch bemerkbar gemacht haben.«

Es ist aber nicht so leicht, diese Sache in einer Annonce darzustellen, wendete man sogleich ein.

»Nein, wenn Sie wirklich wissen wollen, wie die Puppe sich drüben bewährt hat, dann ist der einzige Ausweg, die ganze wunderbare Geschichte in die Zeitung zu geben«, sagte der dritte.

»Die ganze Geschichte!« rief ein vierter. »Wozu sollte das gut sein?«

»Nein, was hat die Geschichte einer armen Fleckchenpuppe in der Zeitung zu suchen?« sagte ein anderer.

Ja, darauf ist nicht so leicht eine Antwort zu finden, aber nun ist sie mal drinnen, und nun wollen wir sehen, was daraus werden kann!

Die Christnacht

Sintram heißt der böse Gutsherr auf Fors, der Mann mit dem plumpen, affenartigen Leib, mit dem kahlen Schädel und dem häßlichen, grinsenden Gesicht, der Mann, dessen größte Lust es ist, Böses anzustiften.

Sintram heißt er, und nimmt nur Landstreicher und Raufbolde als Knechte und nur kneifende, verlogene Mägde in seinen Dienst; er, der die Hunde dadurch in Wut versetzt, daß er sie mit Nadeln in die Schnauze sticht, er fühlt sich unter boshaften Menschen und bissigen Tieren am wohlsten.

Sintram heißt er, dessen höchste Freude es ist, sich als Teufel zu verkleiden, mit Hörnern, Schwanz und Pferdefuß und zottigem Leibe, und der durch plötzliches Hervorspringen aus dunklen Ecken, aus dem Backofen oder Holzschuppen furchtsame Kinder und abergläubische Weiber erschreckt.

Sintram heißt er, den es freut, wenn er alte Freundschaft in jungen Haß verwandeln und ein treues Herz mit Lügen vergiften kann.

Sintram heißt er – und eines Tages kam er nach Ekeby.

Zieht den großen Holzschlitten in die Schmiede herein, stellt ihn in die Mitte des Raumes, legt einen umgestülpten Karren darüber, dann haben wir einen Tisch. Hurra, der Tisch ist fertig!

Herbei nun mit Stühlen und mit allem, worauf sich sitzen läßt! Herbei mit dreibeinigen Schuhmacherhockern und leeren Kisten! Herbei mit zerfetzten alten Polsterstühlen ohne Rücklehne, und herbei mit dem Wurstschlitten ohne Kufen und der alten Karosse! Ha, ha, ha, herbei mit der alten Karosse, sie soll als Rednerbühne dienen!

Seht nur, das eine Rad ist ab, und der ganze Wagenkorb fehlt! Nur der Bock ist noch da; das Polster ist zerfetzt, das Moos hängt heraus, das Leder ist rot vor Alter. Hoch wie ein Haus ist der alte Rumpelkasten. Stützt ihn, sonst fällt er um! Hurra, Hurra! Auf Ekeby feiert man Weihnachten!

Hinter den seidenen Gardinen des breiten Himmelbetts schlafen der Major und die Majorin; sie schlafen und glauben, daß auch im Kavalierflügel alles schlafe. Die Knechte und Mägde mögen schlafen – sie haben allzuviel Weihnachtsgrütze gegessen und zuviel starkes Weihnachtsbier getrunken –, nicht aber die Herren im Kavalierflügel. Wie kann überhaupt jemand glauben, daß im Kavalierflügel geschlafen werde!

Keine barfüßigen Schmiede wenden die glühenden Eisen um, die rußigen Buben ziehen keine Kohlenkarren herbei, der große Hammer hängt wie ein Arm mit geballter Faust von der Decke herab, der Amboß steht leer, die Öfen öffnen nicht ihren roten Schlund, um Kohlen zu verschlingen, die Bälge knirschen nicht – es ist Weihnachten, die Schmiede schläft. Schlafen, schlafen! O du Menschenkind, schlafen, wenn doch die Kavaliere wachen! Die langen Zangen stehen aufrecht auf dem Fußboden, Talglichter zwischen den Zähnen. Aus dem Zehnkannenkessel von blankem Kupfer steigen die blauen Flammen des dampfenden Punsches bis zu dem Dunkel des Daches empor. Beerencreutz hat seine Hornlaterne an der Stange des großen Hammers aufgehängt. Der gelbe Punsch schimmert in der Bowle wie die helle Sonne. Ein Tisch ist da, Bänke sind da. Die Kavaliere feiern Weihnachten in der Schmiede!

Hier herrscht Leben und Lustigkeit, hier herrschen Musik und Gesang. Doch das mitternächtige Getöse weckt niemanden. Das gewaltige Rauschen des Gießbachs vor der Schmiede übertönt allen Lärm.

Hier herrscht Leben und Lustigkeit! Aber wenn die Frau Majorin die Kavaliere jetzt sähe!

Madonna mit Kind (1480–90)
Bergamo, Accademia Carrara

Madonna mit Kind in einer Landschaft (1510)
Mailand, Brera

Nun, was dann! Gewiß würde sie sich zu ihnen setzen und mit ihnen trinken! Sie ist ein tüchtiges Weib, das nicht vor einem donnernden Trinklied oder einem Kartenspiel davonläuft. Sie ist die reichste Frau in Wärmland, derb wie ein Mann und stolz wie eine Königin. Sie liebt Gesang und Geigenspiel und schallende Waldhörner. Auch Wein und Spiel liebt sie, und eine fröhliche Tafelrunde ist ihre Freude. Sie sieht es gern, wenn die Vorräte der Speisekammern verwendet werden, wenn Tanz und Fröhlichkeit in den Zimmern und Sälen herrscht und wenn der Kavalierflügel voller Kavaliere ist.

Seht, dort sitzen sie im Kreise um die dampfende Bowle, ein Kavalier neben dem andern! Es sind ihrer zwölf, zwölf Männer. Keine Eintagsfliegen, keine Modehelden, sondern Männer, deren Ruf erst spät in Wärmland verhallen wird, es sind mutige, starke Männer!

Sie sind keine ausgetrockneten Pergamente, keine zugeschnürten Geldbeutel; arm sind sie und sorglos, Kavaliere den lieben langen Tag hindurch.

Keine Muttersöhnchen, keine schläfrigen Herren auf dem eigenen Besitz. Heimatlose Männer, fröhliche Gesellen! Ritter, zu jedem Abenteuer bereit!

Seit vielen Jahren schon steht nun der Kavalierflügel auf Ekeby leer. Ekeby ist nicht mehr der auserkorene Zufluchtsort für heimatlose Kavaliere. Pensionierte Offiziere und arme Edelleute ziehen nicht mehr in lotterigen Einspännern in Wärmland umher. Aber laßt die Toten leben, laßt sie auferstehen, die Sorglosen, die ewig Jungen!

Alle diese berühmten Männer können ein Instrument, wenn nicht verschiedene, spielen. Sie sind alle so voller Eigenheiten, voller Sprichwörter, Einfälle und Lieder, wie ein Ameisenhaufen voller Ameisen ist, aber ein jeder hat doch seine besondere charakteristische Eigenschaft, seine hochgeschätzte Kaviertugend, die ihn von den andern unterscheidet.

Von allen, die da um die Bowle herumsitzen, nenne ich zuerst Beerencreutz, den Obersten mit dem großen weißen Schnurrbart, den Killespieler, den Bellmansänger; dann neben ihm seinen Freund und Kriegskameraden, den wortkargen Major, den großen Bärenjäger Anders Fuchs, und als Dritten im Bunde den kleinen Ruster, den Tambour, der lange nur der Diener des Obersten gewesen war, sich aber durch seine Tüchtigkeit im Punschbrauen und im Generalbaß den Rang eines Kavaliers erworben hatte. Dann muß der alte Fähnrich Rudger von Oerneclou genannt werden, der Herzensbrecher mit hoher Halsbinde, Jabot, Perücke, und geschminkt wie eine Frau. Er war einer der hervorragendsten Kavaliere, wie auch Christian Bergh, der starke Hauptmann, ein mächtiger Held, der sich nur ebenso leicht an der Nase herumführen ließ wie der Riese im Märchen. Mit diesen beiden zusammen sah man sehr häufig den kleinen kugelrunden Patron Julius, einen witzigen, lustigen und begabten Herrn, einen Redner, Maler, Sänger und Anekdotenerzähler, der den gichtbrüchigen Fähnrich und den dummen Hauptmann sehr oft zum besten hatte.

Da saß auch der deutsche Recke Khevenhüller, der Erfinder des selbsttätigen Wagens und der Flugmaschine, er, dessen Name noch heute in den rauschenden Wäldern widerhallt. Ein Ritter war er von Geburt und an Gestalt, mit spitzigem Knebelbart, einer Adlernase und kleinen, schiefen Augen in einem Netz sich kreuzender Runzeln. Da saß der große Kriegsheld. Vetter Kristoffer, der das Kavalierhaus nur verließ, wenn eine Bärenjagd oder sonst ein verwegenes Abenteuer in Aussicht war, und neben ihm Onkel Eberhard, der Philosoph, der nicht um Lust und Spiel nach Ekeby gezogen war, sondern um da frei von Nahrungssorgen sein großes Werk über die Wissenschaften zu vollenden. Zuallerletzt nenne ich nun noch die Besten der Schar, den sanften Lövenborg, den frommen Mann, der zu gut war für diese Welt und von ihrem Treiben gar wenig verstand, und Liljecrona, den großen Musiker, der ein gutes Heim hatte und sich stets dorthin zurücksehnte, aber doch nicht von Ekeby weg konnte, weil sein Geist Reichtum und Abwechslung brauchte, um das Leben ertragen zu können.

Diese elf hatten alle die Jugend hinter sich, ja mehrere sogar die Schwelle des Alters schon überschritten, aber in ihrer Mitte gab es einen, der erst dreißig Jahre zählte, und dessen geistige und körperliche Kräfte noch ungebrochen waren. Das war Gösta Berling, der Kavalier der Kavaliere, der für sich allein ein größerer Redner, Sänger, Musiker, Jäger, Zecher und Spieler war als die andern alle zusammen. In ihm waren alle Kavaliertugenden vereinigt. Welchen Mann hatte die Majorin aus ihm gemacht!

Seht ihn nun dort auf der Rednerbühne! Die Dunkelheit hängt über ihm wie schwere Laubgewinde von der schwarzen Decke herab; sein blondes Haupt schimmert daraus hervor wie das der jungen Götter, jener Lichtbringer, die das Chaos ordnen. Schlank, schön, abenteuerlustig steht er da!

Aber er spricht in tiefem Ernst.

»Kavaliere, Brüder! Die Mitternacht naht heran, das Fest ist weit vorgeschritten; es ist Zeit, daß wir auf das Wohl des Dreizehnten am Tisch trinken.«

»Lieber Bruder Gösta«, ruft Patron Julius, »hier gibt es keinen Dreizehnten, wir sind nur zwölf!«

»Auf Ekeby stirbt alljährlich ein Mann«, fährt Gösta Berling mit düsterer Stimme fort. »Einer der Bewohner des Kavalierflügels stirbt, einer der Fröhlichen, der Sorglosen, der ewig Jungen. Doch was tut es? Kavaliere dürfen ja nicht alt werden. Wenn unsere zitternden Hände das Glas nicht mehr erheben, unsere trübgewordenen Augen die Karten nicht mehr unterscheiden können, was ist das Leben dann für uns, und was sind wir dann für das Leben? Einer von den dreizehn, die das Weihnachtsfest in der Schmiede auf Ekeby feiern, muß sterben; aber jedes Jahr kommt ein neuer, um unsere Zahl vollzumachen, ein Mann, der wohlerfahren ist in dem Handwerk der Freude, ein Mann, der den Fiedelbogen regieren und Karten spielen kann, muß kommen, muß die Schar vollständig machen. Alte Schmetterlinge müssen zu sterben wissen, solange die Sonne scheint. Es lebe der Dreizehnte!«

»Wir sind aber nur zwölf, Gösta!« wenden die Kavaliere ein und erheben ihre Gläser nicht.

Gösta Berling, den sie den Poeten nannten, obwohl er nie einen Vers schrieb, fährt mit unerschütterlicher Ruhe fort: »Kavaliere und Brüder! Habt ihr vergessen, wer ihr seid? Ihr seid es, die hier in Wärmland die Freude am Leben erhalten. Ihr seid es, die den Bogen rascher über die Saiten streichen lassen, die den Reigen anführen, die Gesang und Spiel im Lande erklingen lassen. Ihr versteht es, eure Herzen von der Gier nach dem Golde, eure Hände von der Sucht nach der Arbeit frei zu erhalten. Wenn ihr nicht wäret, würde alles hinsterben, der Tanz, der Sommer, die Rosen, das Kartenspiel und der Gesang, und man würde in diesem ganzen herrlichen Lande nichts weiter finden als Eisen und Fabrikbesitzer. Solange ihr lebt, so lange wird auch die Freude leben. Sechsmal habe ich jetzt Weihnachten in der Schmiede zu Ekeby gefeiert, und noch nie hat sich einer geweigert, auf das Wohl des Dreizehnten zu trinken!«

»Aber Gösta«, rufen die andern, »wir sind ja nur zwölf, wie könnten wir da auf den Dreizehnten trinken?«

Göstas Gesicht nimmt den Ausdruck tiefsten Kummers an. »Sind wir nur zwölf?« sagt er. »Warum das, sollen wir vielleicht aussterben? – Sollen wir nächstes Jahr nur elf sein und wieder im nächsten nur zehn? Soll unser Name eine Sage, unsere Schar vernichtet werden? Ich rufe ihn, den Dreizehnten; ich habe mich erhoben, um auf sein Wohl zu trinken! Aus der Tiefe des Meeres, vom Himmel herab, aus der Hölle heraus rufe ich ihn, der die Zahl der Kavaliere vollmachen soll!«

Da rasselt es im Schornstein, da geht die Tür des Schmelzofens auf, da erscheint der Dreizehnte.

Zottig ist er, mit Schwanz und Pferdefuß, mit Hörnern und spitzigem Knebelbart, und bei seinem Anblick fahren die Kavaliere mit einem Schrei auf.

Aber in grenzenlosem Jubel ruft Gösta Berling:

»Der Dreizehnte ist gekommen – ein Hoch auf den Dreizehnten!«

So ist er denn gekommen, der Erzfeind der Menschen, gekommen zu den Verwegenen, die den Frieden der Heiligen Nacht stören. Der Freund der Hexen vom Blakullaberg*, der den Kontrakt auf kohlschwarzes Papier mit Blut schreibt, er, der mit der Gräfin auf Ivarsnäs sieben Tage lang tanzte, und den sieben Pfarrer nicht bannen konnten – er ist gekommen!

In stürmischer Hast jagen den alten Abenteurern bei diesem Anblick die Gedanken durch den Kopf. Sie fragen sich, wen er wohl in dieser Nacht holen wolle!

Die meisten wären vor Angst am liebsten gleich davongelaufen; bald aber merkten sie, daß der Gehörnte nicht gekommen war, um sie in sein finsteres Reich hinabzuholen, sondern daß der Becherklang und die lustigen Lieder ihn herbeigelockt hatten. In der Heiligen Christnacht wollte er an der Freude der Menschen teilnehmen und in dieser Zeit der Freude die Last der Regierung abschütteln.

Kavaliere! Wer von euch denkt wohl noch daran, daß heute Christnacht ist? Jetzt verkündigen die Engel den Hirten auf dem Felde die frohe Botschaft! Jetzt liegen die Kinder in den Betten und haben Angst, sie könnten am Ende so fest schlafen, daß sie nicht zu der herrlichen Christmette in die Kirche kämen.

Bald ist es Zeit, die Weihnachtskerzen in der Broer Kirche anzuzünden, und ganz draußen in der Wald-

* Der »Blakulla« ist der Blocksberg in Schweden.

hütte hat der Bursche eine Kienfackel verfertigt, mit der er seiner Herzliebsten auf dem Weg zur Kirche leuchten will. Überall haben die Hausmütter die mehrarmigen Leuchter mit Kerzen ans Fenster gestellt, die angezündet werden sollen, wenn die Kirchgänger vorüberkommen. Der Küster sagt im Schlaf die Weihnachtslieder her, und der alte Propst probiert im Bett, ob seine Stimme noch ausreicht, um zu singen: Ehre sei Gott in der Höhe und Friede auf Erden und den Menschen ein Wohlgefallen!

Oh, ihr Kavaliere! Es wäre besser für euch, wenn ihr in dieser Friedensnacht schlafend in euren Betten läget, anstatt mit dem Fürsten der Hölle Umgang zu pflegen!

Aber alle begrüßen ihn mit lautem Jubel, so wie Gösta es getan hat. Ein Becher voll dampfendem Punsches wird ihm in die Hand gedrückt. Sie räumen ihm den Ehrenplatz bei Tisch ein, und sie sehen erfreut aus, als trüge sein häßliches Satyrgesicht die holden Züge ihrer Jugendgeliebten.

Beerencreutz fordert ihn zu einem Spiel Kille auf, der Patron Julius singt ihm seine schönsten Lieder vor, und Öerneclou spricht mit ihm über schöne Frauen, jene liebreizenden Wesen, die das Leben versüßen.

Es gefällt dem Gehörnten gut hier; er lehnt sich mit fürstlicher Haltung gegen den Kutscherbock der alten Karosse und hebt den gefüllten Becher in seiner Klauenhand an den grinsenden Mund.

Und Gösta Berling hält eine Rede auf ihn.

»Wir haben Euer Gnaden schon lange hier in Ekeby erwartet«, sagt er, »denn der Zugang zu einem andern Paradiese wird Euch wohl kaum gestattet sein. Hier lebt man, ohne zu säen oder zu spinnen, was Euer Gnaden wohl schon wissen wird. Hier fliegen einem die gebratenen Tauben in den Mund, hier fließen starkes Bier und süßer Branntwein in Strömen. Hier ist gut sein, merkt Euch das, Euer Gnaden.

Wir Kavaliere haben aber auch wirklich auf Euch

gewartet, denn wir sind bisher nicht recht vollzählig gewesen. Seht, wir sind nämlich mehr, als wir scheinen, wir sind die Zwölfmännerschar der Sage, die sich durch die Zeiten hinzieht. Zwölf waren wir, als wir von dem wolkenverhüllten Gipfel des Olymps aus die Welt regierten, und zwölf auch, als wir, Vögeln gleich, in der grünen Krone des Yggdrasils wohnten. Wohin die Sage zog, folgten wir ihr nach. Saßen wir nicht als zwölf Ritter an König Artus' Tafelrunde, waren nicht zwölf Paladine in dem Heere Karls des Großen? Einer von uns war Thor, ein anderer Jupiter, das muß uns jedermann heute noch ansehen können. Man erkennt den Götterglanz unter den Lumpen, die Löwenmähne unter der Eselshaut. Die Zeit hat uns übel mitgespielt; aber wo immer wir auch sind, die Schmiede wird zum Olymp, der Kavalierflügel zur Walhalla! Aber, Euer Gnaden, wir sind bis jetzt nicht vollzählig gewesen. Es ist wohlbekannt, daß sich unter den Zwölfen der Dichtung stets ein Loke, ein Prometheus befand. Er hat uns gefehlt.

Euer Gnaden, ich heiße Euch willkommen!«

»Sieh, sieh, sieh!« sagte der Böse. »Schöne Worte, schöne Worte! Und ich habe leider keine Zeit, darauf zu antworten. Geschäfte, meine Jungen, Geschäfte. Muß gleich wieder fort, würde euch sonst gern in jeder beliebigen Rolle zu Diensten stehen. Schönen Dank für die freundliche Aufnahme, ihr alten Schwätzer! Auf Wiedersehen!«

Die Kavaliere fragen ihn, wohin er denn so eilig wolle, und er antwortet, daß die edle Majorin, die Herrin auf Ekeby, seiner warte, um ihren Kontrakt zu erneuern.

Große Verwunderung ergreift die Kavaliere. Eine gestrenge, tüchtige Frau ist sie, die Majorin auf Ekeby. Sie kann einen Sack Roggen auf ihren breiten Schultern tragen. Sie begleitet die Erzfuhren den ganzen langen Weg bis Ekeby. Sie schläft wie ein Bauer auf der Scheunentenne, nur einen Sack als Kopfkissen. Sie kann im Winter einen Kohlenmeiler in Brand erhalten und im Sommer ein Floß über den Löfven steuern. Eine willensstarke Frau ist sie. Sie flucht wie ein Fuhrknecht und herrscht wie ein König über ihre sieben Güter und über die ihrer Nachbarn, sie regiert ihr eigenes Dorf und die Nachbardörfer, ja das ganze schöne Wärmland. Aber den heimatlosen Kavalieren ist sie eine Mutter gewesen, und deshalb haben sie sich die Ohren verstopft, wenn die Verleumdung ihnen zuflüsterte, daß sie mit dem Bösen einen Pakt geschlossen habe.

Deshalb fragen sie diesen jetzt auch mit großer Verwunderung, welche Art von Bund sie denn mit ihm geschlossen habe. Und er, der Schwarze, antwortet ihnen, daß er der Majorin ihre sieben Güter geschenkt habe unter der Bedingung, daß sie ihm dafür alljährlich eine Seele liefere.

Oh, welches Entsetzen ergreift da die Kavaliere und schnürt ihnen die Brust zusammen! Sie wußten es ja, aber sie hatten es sich bisher nicht klargemacht.

Auf Ekeby stirbt jedes Jahr ein Mann, einer der Bewohner des Kavalierflügels stirbt; einer der Frohen, der Sorglosen, der ewig Jungen stirbt! Aber was tut es, die Kavaliere dürfen ja nicht alt werden! Wenn ihre zitternden Hände das Glas nicht mehr halten, ihre blind gewordenen Augen die Karten nicht mehr unterscheiden können, was ist ihnen da noch das Leben, und was sind sie da noch dem Leben? Schmetterlinge müssen zu sterben wissen, solange die Sonne scheint.

Aber jetzt, erst jetzt verstehen sie, wie es gemeint ist.

Wehe dem Weibe! Deshalb hat sie ihnen manches gute Mahl vorgesetzt, deshalb dürfen sie ihr starkes Bier, ihren süßen Branntwein austrinken, damit sie, einer um den andern, in jedem flüchtigen Jahr einer, von den Zechgelagen und Spieltischen auf Ekeby weg zum Fürsten der Verdammnis hinabtaumeln.

Wehe dem Weibe, der Hexe! Starke, herrliche

Männer waren nach diesem Ekeby gekommen, um unterzugehen! Denn da wurden sie zugrunde gerichtet! Ihr Gehirn war zu einem Schwamm geworden, ihre Lungen zu trockener Asche, und ihr Geist umnachtet, wenn sie aufs Totenbett niedersanken, um ohne Hoffnung, ohne Seele, ohne Tugend die lange Reise ins Jenseits anzutreten.

Wehe dem Weibe! So sind Bessere vor ihnen untergegangen, und so müssen auch sie sterben!

Aber nicht lange stehen die Kavaliere von Schrekken gelähmt unbeweglich.

»Du Fürst der Verdammnis«, rufen sie. »Nie wieder darfst du mit dieser Hexe den mit Blut geschriebenen Pakt erneuern. Sie muß sterben!«

Christian Bergh, der starke Hauptmann, schwingt den schwersten Hammer der Schmiede über die Achsel. Den Schädel will er der Hexe einschlagen.

»Sie soll dir keine Seele mehr opfern dürfen.«

»Und dich selbst, Gehörnter, legen wir auf den Amboß, und dann lassen wir den großen Hammer auf dich niedersausen. Mit Zangen werden wir dich unter den großen Hammerschlägen festhalten und dich lehren, nach Kavalierseelen auf die Jagd zu gehen.«

Feig ist er, der schwarze Herr, das weiß man von alters her, und die Rede von dem großen Hammer behagt ihm nicht. Er ruft Christian Bergh zurück und fängt an, mit den Kavalieren zu unterhandeln.

»Nehmt die sieben Güter in diesem Jahr, behaltet sie für euch selbst, ihr Kavaliere, und überlaßt mir die Majorin.«

»Meinst du, wir seien ebenso niederträchtig wie sie?« ruft der Patron Julius. »Ekeby und all die andern Güter wollen wir haben, mit der Majorin aber mußt du dich selbst abfinden.«

»Was sagt Gösta, was sagt Gösta?« fragt der sanfte Lövenborg. »Laßt Gösta Berling sprechen; bei einer so wichtigen Angelegenheit muß man seine Ansicht hören.«

»Das ist der reine Wahnsinn«, sagte Gösta. »Kavaliere, laßt euch nicht von ihm betrügen. Was sind wir gegen die Majorin? Mit unseren Seelen mag es gehen wie es will, aber wenn ich es hindern kann, werden wir uns nicht schnöden Undanks schuldig machen und uns wie Halunken und Verräter betragen. Ich habe das Brot der Majorin zu lange gegessen, um sie nun im Stich zu lassen.«

»Ja, fahr du zur Hölle, Gösta, wenn du dazu Lust hast! Wir wollen lieber selbst auf Ekeby herrschen!«

»Aber seid ihr denn rein toll oder sinnlos betrunken? Meint ihr denn, dies sei Wirklichkeit? Haltet ihr den da wirklich für den Teufel? Merkt ihr denn nicht, daß alles nur eine verdammte Lüge ist?«

»Sieh, sieh, sieh!« sagte der Schwarze. »Das ist also einer, der nicht merkt, daß er auf dem besten Wege ist, zur Hölle zu fahren, und doch lebt er seit sieben Jahren auf Ekeby. Er merkt nicht, wie weit es schon mit ihm gekommen ist.«

»Pfui, schäm dich, Alter, ich habe dir ja selbst geholfen, in den Ofen hineinzukriechen.«

»Als ob das einen Unterschied machte, als ob ich deshalb nicht ein ebenso guter Teufel sein könnte wie jeder andere. Ja, ja, Gösta Berling, du bist mir sicher. Du bist unter der Behandlung der Majorin reif geworden.«

»Sie hat mich gerettet«, sagte Gösta Berling. »Was wäre ich ohne sie?«

»Sieh, sieh, als ob sie nicht ihren eigenen Zweck dabei gehabt hätte, als sie dich auf Ekeby behielt. Du bist sehr begabt, du kannst viele in die Falle locken. Einmal versuchtest du es, ihr zu entkommen, du ließest dir von ihr ein Grundstück geben, wurdest Ackersmann und wolltest dein eigenes Brot essen. Jeden Tag ging sie an deinem Besitztum vorüber, immer in Begleitung hübscher Mädchen. Einmal war Marianne dabei; da warfst du Spaten und Schurzfell weg, Gösta Berling, und wurdest wieder Kavalier.«

»Der Weg führte dort vorbei, Schafskopf!«

»Jawohl, der Weg führte dort vorbei Später kamst du nach Borg, wurdest Henrik Dohnas Hauslehrer und wärest beinahe der Schwiegersohn der Gräfin Märta geworden. Wer war schuld daran, daß die junge Ebba erfuhr, du seist nur ein abgesetzter Pfarrer, so daß sie nichts mehr von dir wissen wollte? Die Majorin war schuld daran, Gösta Berling, niemand sonst. Sie wollte dich wiederhaben.«

»Das zählt nicht«, erwiderte Gösta. »Ebba Dohna starb bald darauf; ich hätte sie also doch nicht bekommen.«

Da trat der Schwarze ganz dicht zu ihm hin und zischte ihm ins Gesciht:

»Starb, ja freilich starb sie. Umgebracht hat sie sich um deinetwillen, jawohl, aber das hat dir bis jetzt noch niemand gesagt.«

»Du verstehst recht gut, den Teufel zu spielen.«

»Die Majorin, die steckte dahinter, sage ich dir. Sie wollte dich wieder in ihrem Kavalierflügel haben.«

Gösta lachte laut auf.

»Nein, du bist kein schlechter Teufel!« rief er wild. »Weshalb sollten wir nicht einen Pakt mit dir schließen? Du kannst uns gewiß die sieben Güter verschaffen, wenn du nur willst.«

»Es freut mich, daß du deinem Glück nicht länger im Wege stehst.«

Die Kavaliere atmeten erleichtert auf. Es war so weit mit ihnen gekommen, daß sie ohne Gösta nichts mehr beschließen konnten. Der Handel wäre nicht abgeschlossen worden, wenn er nicht darauf eingegangen wäre. Und doch war es für die armen Kavaliere keine Kleinigkeit, in den Besitz von sieben Gütern zu kommen.

»Hör nun, was ich dir sage«, begann Gösta wieder, »wir nehmen die sieben Güter, um unsere Seelen zu retten, nicht aber, um Gutsherren und Bergwerkbesitzer zu werden, die ihr Geld zählen und ihr Eisen abwägen. Wir wollen keine trockenen Pergamente, keine zugeschnürten Geldbeutel werden, sondern Kavaliere wollen wir sein und bleiben.«

»Die Weisheit selbst«, murmelte der Schwarze.

»Wenn du uns also die sieben Güter auf ein Jahr geben willst, dann nehmen wir sie an; merk dir aber eins; wenn wir während der Zeit etwas tun, was nicht kavaliermäßig ist, wenn wir etwas Kluges oder Nützliches ausrichten oder etwas Unmännliches tun, dann kannst du, wenn das Jahr um ist, uns alle zwölf nehmen und die Güter geben, wem du willst.«

Der Böse rieb sich vor Wonne die Hände.

»Wenn wir uns jedoch immerfort wie echte Kavaliere benehmen«, fährt Gösta fort, »dann darfst du nie wieder einen Kontrakt über Ekeby aufsetzen und bekommst weder von uns, noch von der Majorin einen Lohn für dieses Jahr.«

»Das ist hart«, sagte der Böse. »Ach, lieber Gösta, eine Seele könntest du mir doch gönnen, ein einziges kleines Seelchen. Die Majorin müßte ich eigentlich bekommen! Weswegen schonst du die Majorin?«

»Mit dergleichen Waren treibe ich keinen Handel«, donnerte ihn Gösta an. »Willst du durchaus eine Seele haben, so hole dir den alten Sintram auf Fors, er ist reif für dich, dafür stehe ich ein.«

»Sieh, sieh, sieh, das läßt sich hören«, sagte der Schwarze, ohne eine Miene zu verziehen. »Die Kavaliere oder Sintram – das geht gegeneinander auf. Das wird ein gutes Jahr.«

Und nun wird der Kontrakt geschrieben, mit Blut aus Gösta Berlings kleinem Finger, auf das schwarze Papier des Bösen und mit seinem eigenen Gänsekiel.

Aber als dies getan ist, jubeln die Kavaliere. Nun soll ihnen ein ganzes Jahr lang alle Herrlichkeit der Welt zu eigen sein, und später – nun, da werde sich schon ein Ausweg finden, dachten sie.

Sie schieben die Stühle zurück, bilden einen Kreis um den Punschkessel, der mitten auf dem schwarzen

Fußboden steht, und schwingen sich in wildem Tanze im Kreis herum. In der Mitte tanzt der Böse mit hohen Sprüngen, und schließlich läßt er sich, so lang er ist, neben dem Kessel niederfallen, zieht ihn zu sich her und trinkt daraus.

Da wirft sich Beerencreutz neben ihm nieder, Gösta Berling ebenfalls, und dann lagern sich alle im Kreise um den Kessel, der nun von Mund zu Mund geneigt wird. Schließlich bekommt er einen Stoß, so daß er umstürzt und der heiße, klebrige Trank sich über die Liegenden ergießt.

Als sie sich fluchend erheben, ist der Böse verschwunden; aber seine goldenen Verheißungen schweben wie glänzende Kronen über den Scheiteln der Kavaliere.

Inhalt